LE MÉDIANOCHE AMOUREUX

Michel Tournier

爱情半夜餐

〔法〕米歇尔·图尼埃 著　姚梦颖 译　费滢 校

人民文学出版社
PEOPLE'S LITERATURE PUBLISHING HOUSE

著作权合同登记　图字 01-2012-2088

Michel Tournier
LE MÉDIANOCHE AMOUREUX

图书在版编目(CIP)数据

爱情半夜餐/(法)米歇尔・图尼埃著;姚梦颖译.
—北京:人民文学出版社,2017(2020.6 重印)
(短经典精选)
ISBN 978-7-02-012815-0

Ⅰ.①爱…　Ⅱ.①米…　②姚…　Ⅲ.①短篇小说-小说集-法国-现代　Ⅳ.①I565.45

中国版本图书馆 CIP 数据核字(2017)第 107018 号

总 策 划: 黄育海
责任编辑: 黄凌霞
特约策划: 何家炜　骆玉龙
封面设计: 好谢翔

出版发行　人民文学出版社
社　　址　北京市朝内大街 166 号
邮政编码　100705
网　　址　http://www.rw-cn.com

印　　制　上海利丰雅高印刷有限公司
经　　销　全国新华书店等

开　　本　890 毫米×1240 毫米　1/32
印　　张　8.375
字　　数　150 千字
版　　次　2012 年 6 月北京第 1 版
印　　次　2020 年 6 月第 2 次印刷

书　　号　978-7-02-012815-0
定　　价　45.00 元

如有印装质量问题,请与本社图书销售中心调换。电话:010-65233595

SHORT CLASSICS
短经典精选

目录

沉默的恋人

伊夫·乌达尔。这是我的名字。我于一九三〇年三月二十一日出生在伊波尔，父亲是打鱼的，母亲来自一个成员众多的家庭。我的父亲靠一条小船在沿海一带捕鱼。他本可以独自一人驾船出海，却还是和另一个渔民一道捕鱼，同时等待我哥哥长大成为他的副手。正是这个哥哥的存在改变了我的生活。我嫉妒他，并时时感觉到针扎一般想要超越他的渴望。至于超越的方法，每次我们到费康①去参加周三大市集时，我总觉得它就在我眼皮底下。费康是一个港口城市，那里聚集着很多捕鳕船。将来，我哥哥只能在近海捞些鲭鱼、鲱鱼还有圣贾克贝，而我则要去远洋捕捉鳕鱼。他每天驾一条七米长的小船早出晚归，而我一出海就是四个月，乘坐一条足足七十米长、十一米宽的拖网渔船——在冬天，为了给接下来的远征做准备，人们会在干坞里修补它，那时我总是很羡慕地看着。他

① 费康：法国港城，临拉芒什海峡（英吉利海峡），在勒阿弗尔港东北，曾是捕鳕鱼的“都城”。

做的是小生意，而我则要干大事。我将会和其他五十名船员一道前往纽芬兰，甚至北极的深海浅滩，到全世界最冰冷的海域去。如今对我来说只有一件紧要事，那就是尽快离开学校，登上捕鳕船出海。法律禁止雇佣年龄低于十五岁的小水手，不过我知道只要在一个亲戚的监护下，我们甚至可以在更年幼的时候出海。就这样，多亏了一个当船长的远房叔叔，我在十三岁时签下了人生第一份合约。

我不清楚在工厂里的孩子们过得如何，在煤矿井底的生活又是什么样，或是孤单单生活在博斯那些平原上的绵羊堆里的感觉，但是我知道一个在大渔场见习的小水手的生活是什么样子，那简直就是地狱。就像当时的拉鲁斯大辞典在“受尽折磨”这一词条下注释的那样，“见习水手在渔船上受尽折磨，是船员中最悲惨的”。至于见习水手遭到众人剥削、践踏，挨打，甚至被鸡奸，船员们有两个依据为此辩护：“我们都是这么过来的，他也要和别人一样”以及“这个工作就是这样”。这个工作，它包括“清洗”鳕鱼，也就是说放干它的血，并且把它放在大木桶里漂洗干净，然后扔到渔船货场。这个活儿需要双手在一个捕鱼“日”里持续浸泡在海水中长达十六到二十个小时。完全可以想象双手在腥咸的海水中长期浸泡后，发紫、开裂，甚至腐蚀，然后变得丑陋残破，甚至完全变形的样子。时至今日，我依然保有这可怕的学徒期留下的痕迹。

但是这活儿还不算是最惨的。因为在船员里还有一群“更肮脏的人”，他们处于阶层最底端，负责照顾那些因为劳累、紧张或酗酒而倒下的船员们。他们一般辅助厨子，拿着大汤碗、咖啡壶和饭盆穿梭在一个甲板与另一个甲板之间。或是挨个儿给围成一圈的船员发烟，并为他们点上，那呛人的烟味足以使他窒息。甚至就连他短暂地眯着眼睛睡一会儿的时候，也经常会被别人一顿拳打脚踢打醒，从草垫子上被拉起来，为值夜班的船员服务。我怎么能抱怨呢？况且这是我坚持了那么久才最终得到的工作！“真是个废物，这是你自找的啊！”然而在所有这一切之上，船上的成员之间却奇怪而又异常强烈地团结一致，不是因为任何政治思想的灌输，而是由于我们都是这个社会经济体系的受害者。这样的情况在所有被剥削的阶层里都普遍存在。悲惨和苦难让他们对彼此仇恨，然而他们又都非常清楚，这悲惨和苦难应该归咎于机器以及他们的主子。在捕鳕船上，主子就是船主。捕鳕船上普通的船员是看不到船主的，他就像一只神秘的吸血蚂蟥，一个躲在暗处的食人魔。只有船长才能够在每次捕鱼归来时见他一面。船长会向他做一个口头报告，用一些简明的数字说明这次出航的收益，顺带提一下船上人员的情况。说实话，对于一名船主来说，出海捕鱼期间一例重伤事故，甚至一起突发死亡，还不如账面赤字更让他印象深刻。正是这次会面决定了船主是否让整个船队再次出海捕鱼。

在我自己成为船长之前，我还从没有见过我的船主。倒是在我十六岁的时候，他的两个孩子出现在我作业的福瑞艾尔号渔船上。那是一艘有船尾跳板的拖网渔船，出海八天去考察格陵兰岛的海岸，却没什么大收获。船上的气氛本来就很紧张，而船主的这两个孩子——一个十八岁的男孩和一个十岁的小女孩——的到来，让这一切更糟了。尽管如此，从他们被一艘私家豪华游艇带到船上那一刻起，船长就竭尽所能地让他们对福瑞艾尔号感到满意，甚至引以为豪，同时他还给他们俩对这个伟大的行业进行了一番启蒙教育。由于繁杂的工作占据了所有时间，我根本没有功夫追踪他们在船上度过的四十八个小时都干了些什么。然而我却无意间给他们的行程添了一笔，成为一起突发事件的主角。当时我正在刷后甲板，大副领着这两位客人突然出现。大副是个四肢发达头脑简单的家伙，总是对自己一脸精心打理的黑胡须以及花样层出不穷的名牌雪茄洋洋自得。他在我身边停下来，对叼在嘴上的一支刚好熄灭的雪茄做了个手势。由于拿着刷子行动不便，我勉强从口袋里掏出一只较大的铜质汽油打火机。接着我按下打火机，这也是学徒的职责之一。打火机里顿时喷出一条长长的火龙，还冒着烟。当我将火靠近大副的雪茄时，倒霉事儿发生了。海潮的撞击使我失去平衡，身子向前一倾，火焰迅速蔓延到他那乌黑发亮的大胡子上，发出劈劈啪啪的声音。他一声咆哮，向后猛地一跳。在他手边有一个装鲱鱼用的木桶，上面躺着一条肥大的鳕鱼。他抓住它的尾巴用尽全力甩了我一耳光。在船上我们称之为“海上马鞭”——一种黏乎乎还带齿的皮带，所有见习水手都吃过这样的鞭子。我对这种粗暴的对待已经非常有经验了，所以也没觉得这么一下有多痛苦。但很显然，那个船主的年轻儿子似乎比我还不能忍受这样的行为。他和妹妹只转了半圈，便说：“走吧，娜黛姬。”我看着他们走远，思量着他们的不满只会加重大副眼中对这件事的看法。不过至少我知道了那个小女孩，还有她的名字。

确实我叫娜黛姬。我父亲说：“我为她选这个名字，是希望她美丽迷人。假如不是的话，这个名字就会让她显得可笑了。”然而，正是因为这个名字，我总是遭到别人的嘲笑，因为我与“美丽迷人”这四个字恰恰完全相反。在每个女孩的一生中，都有一个非常重要的瞬间，一次决定性的考验，在那之后，所有一切都跟从前不一样了。看着女孩子在学校门口推推攘攘，只需一眼，你便能发现其中那些依然天真无邪的孩子，那些还没有经受过考验的女孩。她们或是略微偏瘦或是胖乎乎的，或是优雅得体或是激进昂扬，或是喜悦或是悲伤，但显而易见，她们并不为此担忧，甚至察觉不到。至于其他人，那些经受过考验的女孩们深谙个中奥妙，她们对着镜子重新认识自己，并且将它深埋心底。在该死的某天，这些女孩会突然问自己那个命中注定却又非常可笑的问题："我漂亮吗？"从这时起，她们就得肩负起被异化的女性身份。是的，既然人们将丑陋的权利赋予男人，那为什么不同样也将它赋予女人呢？这权利值得所有女人为此战斗。同样，我们应该废除那种不向大于三十岁的女人询问年龄的无耻习俗。有些时候人们甚至避免影射女性的年龄，仿佛那是一个隐疾。如果我们结束这样的行为的话，女孩向女人转变的普遍标准就被摆在了一边，而女人也不再被当作是新鲜诱人的猎物，所有这些都可以被抛诸脑后了。

我漂亮吗？我并没有对着镜子问，而是问了我的母亲。当时我十一岁，完全被母亲美丽、优雅、精致的上流社会气质所折服。我们从眼科大夫的诊所里出来，大夫刚刚在我的小鼻子上架了一副眼镜。我知道自己再也不能回避这个问题了。我偷偷地瞄向大街上的每一扇玻璃橱窗，努力想要从里面看到我的影子。本来我应该问："这眼镜适合我吗？"但是由于那个"关键问题"和这个在某种程度上有些相似，于是普通的疑问悄悄让位了："我漂亮吗？"我还是听到了母亲的回答，她史无前例地在我心上刺了一下："不，但是你看起来很舒服，并且显得更聪明了，这样更好。"我非常沮丧，因为，舒服和聪明，这两个词在我看来什么都不是。在这个问题上只有两个选择：漂亮或者不幸。母亲的一句话把我推向了后者。"这样更好。"我怎么才能相信这个洒脱却带有欺骗性的断言呢？尤其当我母亲不管在人前还是独处时都显得魅力四射，拥有一切女人应有的品质。身为一名生在费康并且祖上世世代代居住在佩伊德科的女人，她完全可以和国际女性队伍中最耀眼的那一部分媲美。

舒服和聪明，而不是漂亮和优雅。我用了好几年才接受这样的命运。最终我意识到就算它不是“更好”，它也不一定算是厄运，虽然看起来这两者互相排斥。我对愚蠢有着敏锐的洞察力，而且生来不会出错，不知这算不算是智慧的象征。至于那些被我认定为愚蠢的男人，我对他们的态度游移不定，一会儿果断地拒绝，态度激进，没有任何挽回余地；一会儿忍不住心生宽容，尽管蔑视却带着同情的色彩。“我求你了，就这样，别说了。”我用这句话赶跑了不止一个人。

正如我看起来聪明的外表以及鼻梁上架着的一副眼镜表现的那样，我做了一些学问：在鲁昂学院获得古典文学学士学位。正是在那里我遇到了亚历克西斯，他那时打算成为哲学教师。哲学家是一群聪明的工作者。他们把那些别人当作业余爱好来培养的东西当作职业，比如性情、敏锐、细致、洞察力、直觉、综合观点。正是这样，他俘获了我的心。我猜，不会有多少女孩子被那些伴有大量注解的莱布尼兹、康德、黑格尔、海德格尔的著作诱惑吸引，但我的确是这样。退一步来看，我觉得他有些可笑，但我并不太在意。于是我们结婚了。当时我们都还太年轻，这只是双方家长的一致要求。一九六八年的五月风暴使我们的关系更加亲密，随后又促使我们分开。要让一对夫妻在经历过这样一场风波后继续维持下去是很困难的。我不停取笑亚历克西斯身上那种革命激情。他对自己哲学教授这个职业的看法总是有点苏格拉底的味道，他认为自己是启蒙者，是忧患者，是动乱中代表崇高的那一部分。他为五月风暴欢呼，仿佛这是他自己的登基。我的看法却不一样。其实，对他来说，所有事情都会引起高谈阔论，一场席卷一切、难以抑制的舆论狂潮，不管是阻碍、反驳，或者简单的常识。他将取得权力与取得话语权相混淆，在这一点上我观察过他很多次，决不会看错。

受够了这些滑稽可笑的事情，我回到家乡费康。佩伊德科的人都不太爱说话，这正是我在经历了五月风暴的嘈杂之后最需要的。我就着干面包吃些新鲜蔬菜，但不喝水，因为我还保留着在拉丁区养成的习惯，每天在咖啡馆里待几个小时。那些费康的体面人对我每天在镇中心或是港口的小咖啡馆消磨时光十分反感。正是在那里我遇到了乌达尔。当时他在为“晒场”①刚给他指挥的一条船招募船员。他在酒吧的最里面占了一张桌子，那些应征空缺职位的人一个接着一个地拿着履历坐在他对面，和忏悔时的情形差不多。应征的人非常多，进展十分缓慢，乌达尔金色的眉毛下面露出蓝色的目

① 晒场：民间对大渔场公司的俗称。

光，就像北极熊一样不太讲话。我瞬间爱上了他。他后来告诉我说这并不是我们第一次见面。二十年前，我们全家乘着公司的一条游艇出海游玩时，我父亲安排我和哥哥到正在附近作业的一艘拖船上待了两天，作为我们教育的一部分。从踏上甲板那一刻起，我就对这个浮动的监狱上充斥的凄惨气氛感到厌恶。在那里我目睹了一幕暴力的场面：由于一名见习水手没能给大副点上烟，大副扬起鳕鱼给了他一耳光。显然我没能在咖啡馆的白熊身上看到当年那个见习水手的影子，但他听说过我的名字——这名字如此罕见，以至于在经历了那么多大风大浪之后他依然没有忘记。

有一次，我和他谈起在海上工作的人长期以来形成的对那些被他们称为主子的后代们不可避免的敌对情绪。然而我们——这些"吃人妖怪"的孩子们——我们从小在对那些从事"伟大职业"的人的崇拜中长大，那些被众多作家——从维克多·雨果到罗杰·韦尔塞勒，从皮埃尔·洛蒂到约瑟夫·康拉德——所赞扬的冰岛渔民们。这就是我们的职业，属于我们自己的世界，既辉煌又阴暗，这里有英雄也有恶人。出海捕鱼的帆船舰队对我们尤其重要，它们随后改用蒸汽，现在则是柴油发动机——那是公司整整成立一个世纪之后才为船队装备上的，那些严格按照原型一丝不差地制作出来的模型摆满了"晒场"大办公室四面的玻璃橱窗。所有这些，当然在我对乌达尔的感情中起了一定作用。在我们第一次见面的三个星期后，他就出海了。接下来的五年里，我一直狂热地等待他，思念他，给他写信；同时也不无另一个我，冷笑着船员妻子这一身份：随时都有可能成为寡妇，戴着黑色面纱跑遍荒芜的沙滩。但是我也很乐于扮演这个角色。为什么否认呢？那些文字常驻在我心上，我会不无感动地想起皮埃尔·洛蒂小说中，那个因为孤独的爱情日趋衰竭的女人：她的扬正在冰冷的海洋上远征——这个形象一直都萦绕在我心头。小说中有一段描写尤其让我感到茫然不安，在这本如此朴实的书里出现这么一段有些恋物情结的内容确实令人惊讶：

“她经常抚摸扬的衣物，他帅气的婚礼礼服，像发疯了一样把它们展开又叠起来。尤其是其中一件蓝色紧身羊绒衫，完好地保留着他的体型；如果把它轻轻地放在桌子上，它就是他，就像往常一样，能勾勒出他的肩膀和胸膛的轮廓。”

我的叔叔说一个捕鳕船上的船员是不应该结婚的。很显然，他的另一半将面临的命运会是一年中有四分之三的时间独守空房，照料抚养孩子。为了不让孩子的父亲变得像陌生人一样，她得尽力和孩子们谈论他们的父亲。然而除非拥有小说家那样丰富的想象力，天长日久，还能对他们说些什么呢？当然她也不能把这个长年不在家的人说成一个圣人、英雄或者天才，因为他总有一天会回来的。而到那时，大家都已经习惯了没有他的生活，要再次接纳他将会是一件非常困难的事情。他的那些关于冰雪、风暴以及捕鱼的故事，已经使家人们感到厌倦，而从他的角度来说，他也不再了解他们的生活。有多少次全家人都迫不及待地等着父亲为了新的远征而离去！

我必须要认识到，正是沟通交流体现了一个船员夫妻生活的艰难。在被迫长期分开之后，夫妻之间再也没有什么好说的了。

而我的情况由于社会层面，或者至少是职业层面的差异而显得更加复杂。一个娶了船主的女儿的水手，在他的兄弟们眼中简直就是一个叛徒，一个变节者。同时，他完全有理由被怀疑是由于金钱的诱惑而结成这桩婚事。那些大渔船上的船员们很少出生在费康。费康，那是城市，是船主们的地盘。至于船员们，则大都来自佩伊德科的村落或小镇。他们同农民一样属于弱势群体。然而我出生在伊波尔（约有一千名居民），也算是资产阶级的一分子。所以我娶了一个来自城里的大家闺秀，满腹才华，知书达礼。虽然她确实离过婚，不过是和一个哲学教师离的婚。如果我还只是个毛头小伙子，我可能会在她面前望而却步。但是这个伟大的职业使我长期保持单身，而且直到我在费康水利渔业学院取得了船长执照，我才开始考虑婚事。大概我想要在我的新家人眼里看起来体面一些吧，至少要有一个得体的头衔展示给我的未婚妻看。又一次对富人做出的让步。然而，这么多年以来我一直生活在船员单纯的小圈子里，这经历完全不足以让我对婚后生活做好准备。刚开始，我在娜黛姬心中还拥有一些神秘的资本。她是在信仰大渔场的船主圈子里长大的，每当我说起我的种种出海经历，她总是兴趣盎然地聆听着。但是渐渐的，这个资本趋于枯竭。她的激情也逐渐转变为尊重。再后来，她所能做的只有表现得很耐心。然而耐心是有限度的……

她：但是我们确实来自同一个阶层，这在我们的交往中表现得清清楚楚。你记得吗，有一天，你居然对我说了一句在其他女人听来可能不可置信的话。我当时赤身裸体地站在你面前，你的手缓缓抚摸我的身体，你对我说……

他：你就像鳕鱼一样美！

她：我当时非常开心，因为我们两个，你和我，属于同一个秘密世界，这个词就是很好的证明。

他：鳕鱼、无须鳕鱼、多克鱼、多斯鱼、小鳕鱼、黑线鳕鱼、那尔瓦卡鱼、鲜鳕鱼、干鳕鱼……我们对这个鱼神的称谓就像阿拉伯人对骆驼的称谓一样繁多。况且我们的鳕鱼确实非常美丽，它背部有三个鳍，肛部有两个鳍，它浑身覆盖着饰有大理石纹和豹纹的外皮，尤其是……

她：……尤其是它下巴上的鱼须，将它的敏感和幽默展露无疑。

他：总之，我们完全允许猎人叫自己的老婆“我的母鹿”或“我的鹌鹑”。那么接下来还可以有什么呢……水神，美人鱼。鱼一样的女人也拥有自己的传说，拥有自己的魅力。

不幸的是，后来发生了一件事情，破坏了我们的亲密关系，以及我的私人生活。在一九七三年三月二十三日，中途停靠在圣皮埃尔和米克隆岛时，我收到了一份简短却又不容置疑的电报：

船队停止出海。勿联系信息发出者。发出人：鳕鱼。

我怎么也没有想到，费康，这个鳕鱼之都，会做出这样突然的决定，这个打击完全在我意料之外。但是又怎能埋怨费康那些古老的船主世家呢？在经过了与时光流逝这一可怕敌人的毁灭性斗争之后，他们不得不拱手让步。腌鳕鱼，这个由穷人生产并且给穷人食用的食物，由于鱼场长期以来被过度捕捞而产量越来越少，逐渐被冷藏或速冻鱼取代。大部分出海捕鱼的拖船都进了废铁厂。至于我，则重新回到地面上，在四十三岁的时候失业了。我成了彻彻底底生活在陆地上的人，以及一个全职丈夫。这是怎样巨大的转变啊！

你当时做了一个决定。过了很久我才明白这让你付出了许多。你是为了我，为了拯救我，为了拯救我们的夫妻关系才这么做的。在我完全失业并且在家待业六个月之后，你关上了我们朝向费康港口的那栋漂亮公寓的大门。然后我们在南格鲁旺区住下，靠近阿夫朗什的地方，一栋原本用于夏季度假，后来被你整修成四季宜居的房子里。这次由诺曼底的一头到另一头的搬迁有它明确的用意：让我远离费康，那个让我的职业生涯骤变并崩溃的地方，那个让我充满厌恶的地方。但这次搬迁尤其是为了让我能生活在一种新的状态下，远离大海，我的人生已被失去的事业彻底夺走。

一种新的状态，是的，而且这么说还不算什么！因为佩伊德科人不懂得海滩的词汇，不懂海滩所带来的那种沙子般的温柔细腻，以及它带给前来消夏的游客的感觉。汹涌的波涛拍打着高耸的白垩峭壁，恶劣的天气在峭壁间盘旋，带走一些断壁残岩，沙滩上铺满砾石，拍岸的浪花激起雷鸣般的声响，这就是我们佩伊德科的海岸。我毫不惭愧地承认，作为一个累计出海多年的人，我不会游泳。浴场，古铜色的皮肤，以及其他一些夏季娱乐活动，还有戴着面罩套着蛙蹼、穿着潜水服、背上氧气瓶潜海捕鱼那样乱七八糟的事情，那些都是巴黎人的生活，是一些无所事事的有钱人到海边来度假数日会干的事情。而我们，我们从不和大海嬉戏。

在格鲁旺，我发现了大海的另一面，海洋的反面：低沉的潮汐有它自己的规律，只要掌握得当，可以只凭双脚捕鱼。当地的捞鱼人，完全忽视度假游客们的存在，照传统习惯穿着系得很紧的草底帆布鞋，装扮得像流浪汉一样。同时他们还需要和潮滩保持一种很深的默契。潮滩是一块模糊而充满争议的神秘地带，它一会儿被来回冲刷的海浪覆盖住，一会儿又暴露出来。

徒步捞鱼的渔民与潮汐的节奏步调一致。对他们来说，潮起潮落的时间，比日出日落的时间更为重要。他们遵循巨大而神秘的天文钟的规律，那上面的数字叫冬至、夏至、春分、秋分、大潮、朔望。他们把《官方潮汛表》放在枕边，依靠这本书，他们提前几个月就能确定哪一天他们需要在凌晨三点就早早地起床，做好准备到海滩上干活，抑或因为哪天的潮汐只是小潮而放弃捞鱼活动。

我那艘豪华现代的拖网渔船，吨位重达一千四百八十五吨，被当作废铁处理了。我把自己伪装成一个流浪汉，带上桶、盐罐、铲子、褡裢、鱼叉、筐还有虾网去海滩上捡鱼，当然也不会忘记带上一个瓶子用来装一些海水，以便回来可以烹饪一天的收获。但尤其要铭记于心的是，必须提前做好长时间徒步行走的心理准备，走过水生植物丛，走过淤泥，从水洼走到岩礁间，从泻湖走到流沙中。到了傍晚，我就能往桌上倒一些海胆、牡蛎、鱿鱼，还有梭子蟹、竹蛏、帽贝，如果受到渔神的保佑，有时收获中还有钳子粗大发青、尾巴令人生畏的龙虾。

她：最初，我以为自己应该陪你一同去捕鱼，而且从你的角度，你也非常坦诚地努力想要让我感受到你徒步捞鱼的快乐。然而我们必须承认这只是一个人的快乐，一种自私的快乐，当我们想要分享它的时候，我们却破坏了它。你努力地让我在那本可怕的《官方潮汛表》规定的时刻做好准备，努力地教我在沙石中挑出一种美洲竹蛏。你带着自学成才的傲慢，用卖弄的语气纠正我的动作——应该用一根尾端是圆锥形铅块的不易弯折的硬铁丝去挑。直到最后我决定将自己赤裸裸的手伸进岩石下方海藻毛茸茸的纤维中，去抓鱿鱼或者海鳗强壮而冰冷的身体，为了……为了……为了……我再也听不进去你一刻不停歇地往我脑子里灌输的那些建议和斥责，它们在我脑中几乎没有留下一丝痕迹。是的，总的来说这次徒然的见习只是让我们越来越远，而不是拉近彼此的距离。让所有这一切结束的，是与帕特里西奥·拉各斯的一次奇特的相遇，那次相遇对我们来说有标志性的意义。

他：那是九月一个明媚的上午，秋分的潮汐使海湾呈现出一派荒芜不安甚至悲凉的气氛。我们在布满水坑的沙滩上漫步，游动的小鱼使水面掀起阵阵涟漪，水坑里到处都是罕见的贝壳、螺蛳、文蛤、鲍鱼和蛤蜊。但我们没有丝毫拾取它们的心情，更多的时候我们总是看向蒙着一层乳白色雾气的南边。是的，空气中仿佛有什么神秘的东西，甚至可以说弥漫着一股悲剧气氛，以至于当你指给我看百米之外那两具被沙子覆盖着的相拥的尸体时，我几乎没有感到惊讶。我们以为那是溺水者的尸体，匆忙跑了过去。那不是被沙子覆盖的两具尸体，而是用沙子塑的两尊雕像，它们的身上有一种莫名却令人心碎的美。这两具人像在浅浅的低洼里抱作一团，周身缠绕着被淤泥染脏的灰色碎布，显得更加逼真。这幅画面让人不禁联想到还没有获得生命的亚当和夏娃，在上帝还没有将生命的气息吹向那两团泥土时的情形。同样，这雕像也会让人想起庞贝古城的那些居民，那些因为维苏威火山喷出的火山灰雨而矿化的身体。抑或是广岛的那些因原子弹爆炸而身体玻璃化的人们。他们黄褐色的脸庞上，布满云母鳞片，闪闪发光。其中一个人侧身转向另一个人，中间隔着一道无法逾越的距离。唯有他们的手和胳膊是相交的。

我们在这两尊卧着的沙雕前站了一会儿，就像站在刚打开的坟墓前一样。正在这时，一个奇怪的幽灵般的家伙不知从哪个看不见的洞里冒了出来，他光着脚，赤裸上身，穿一条带有毛边的皮裙。他开始跳起优美的舞蹈，手臂伴有很多大幅度的动作，似乎在向我们打招呼。然后，他俯身倾向那两尊雕像，仿佛要将他们抬起来，送往天空。荒芜的沙滩，退潮后的平静，惨白的光线，这对沙人，跳舞的疯子，所有这一切带给我们一种抑郁而不真实的虚幻感。突然，这舞者停了下来，仿佛在出神。接着，他在我们面前弯下腰，跪下来，拜倒，或者说——按照我们的理解——他是对着我们背后出现的什么东西跪拜。我们转过头去。在右边，通布莱纳小岛透过一层薄雾若隐若现。更为惊奇的是，圣米歇尔山，就像撒哈拉沙漠上的海市蜃楼一样悬在云端，从它朱红的岩石上，以及修道院的彩绘玻璃窗上，闪耀出绚烂的光芒。

时间在这一刻凝固了，仿佛需要发生些什么才能让它继续前进。一阵低声的轻颤挠得我脚底发痒，仿佛是带着涎沫的舌头正舔着我的脚趾。通过耳朵，我们听到大海发出绵延不绝的沙沙声，低沉地向我们蔓延。在不到一个钟头的时间，这块暴露在海风和太阳下的广阔平地，就要陷入无边的青绿色深渊了。

“但是这对沙人会被毁掉的！”你叫喊道。

舞者带着歉意，微笑着低下头表示赞同，接着，他一跃而起，模仿波浪的前进后退，就像是他想要陪伴它，鼓励它，甚至用自己的舞蹈来促使它完成这一过程。大概那些非洲的巫师们在祈雨或驱魔时也不会做出其他动作吧。大海服从了他，最初，海水绕着这对沙雕卧着的低洼边沿回旋，然后，它发现一个缺口，任由自己无意地流进去一缕细流，接着越来越多，越来越多。沙雕拉着的双手首当其冲被海水触及，它们松开，留下手腕残缺的双臂悬在空中。我们惊恐地看着这对仿佛始终散发着人类气息的雕像就在身边被毫不留情地任意肢解，或许这是一个先兆吧。一波更强的海浪猛扑向那女人的头部，带走了她一半的脸，接着，男人的右肩也慢慢消失。在这一变化过程中，我们愈发地觉得他们感人至深。

几分钟后，迫于无奈，我们不得不撤退，放弃那片被泛着泡沫打转的涡流侵占的沙地。舞者和我们一同撤离，看来他既不是疯子也不是哑巴。他叫帕特里西奥·拉各斯，来自智利，准确地说是智利的奇洛埃岛，那是智利南岸的一个岛屿，他出生在那儿。岛上住着一群擅长开采森林的印第安人。他在圣地亚哥学习舞蹈，以及雕塑，随后便搬到了地球的另一端。关于时间的问题一直困扰着他。舞蹈，是一种瞬间的艺术，本来就如昙花一现转瞬即逝，不留一丝痕迹，无法保留持续性。而雕塑，则是一门永久的艺术，靠着寻找一些无法被摧毁的材料，来抵御时间的冲击。不过，即便如此，最终雕塑面临的依然是死亡，因为显而易见，大理石本身就拥有一种葬礼的天职。在芒市和大西洋的海岸边，拉各斯发现了海潮随着天文规律而变化这一现象。既然海潮决定了“沙滩上的舞者们”活动的节奏和规律，那么它同样也可以让瞬间雕塑变为现实。

“我的沙雕是活的，”他毋庸置疑地说，“证据就是他们会死亡。而墓地雕塑则完全相反，那些雕塑正是因为没有生命而得以永存。”

就这样，他狂热地在刚刚退潮露出水面的湿沙地上雕塑出一对对情侣，也正是源于这一灵感，他一边跳舞一边雕塑。重要的是作品必须在平潮的时候完成，因为在整个过程中，平潮仿佛是一段插入的时光，提供给作品休息以及沉思的时间。然而最盛大的时刻，却是潮水重新涌上来的时候，一场毁灭性的恐怖庆典。在天文命运的支配下，毁灭过程既缓慢又细致，却毫不留情。这样一场毁灭注定被一段忧郁而抒情的舞蹈围绕。“我庆祝生命悲壮的脆弱。”他说。就是在这个时候，你向他提了一个对我们俩来说都非常重要的问题，在我看来，他回答的方式既模糊又神秘。

她：是的，我向他提了一个关于沉默的问题。因为根据我们的传统和习惯，应该是舞蹈伴随着音乐，从某种程度上说，音乐被舞蹈插入，而音乐才是主体。然而他围绕着那对沙雕情侣所展开的舞蹈，却是在没有音乐的情况下默默进行的，给人一种自相矛盾的感觉，异于寻常。沉默这个词，他简单纯粹地丢弃了。“沉默？”他说：“但是根本没有所谓的沉默，大自然讨厌沉默，就像它害怕空虚一样。听一听海岸上落潮的声音：它微微张开千万片朝向天空的湿润的嘴唇，一直絮絮叨叨喋喋不休。‘蔓延’。在学习法语的时候，我就爱上了这个亲切而又含糊的词。它适用于牵牛花。牵牛花纤细的茎秆无止境地蔓延着，缠绕住它所遇到的任何比自己更强壮的植物，最终用它大肆疯狂生长的喇叭花把那些植物给闷死。波浪本身也是蔓延的。它用它液态的触角缠绕住我这对沙塑情人的胸部和腿部，然后将他们毁灭。这是死亡之吻。然而波浪的蔓延，还表现在它向泥沙倾泻时低声发出的孩童般天真幼稚的絮语。伴随着湿润的叹息，它缓缓将那咸咸的舌头伸入细沙中。它想要说话。它在寻找语言。这是一个在摇篮里结结巴巴牙牙学语的婴儿。”

他一直落在我们身后。在我们到达沙滩时，他做了一个再见的手势，带着悲伤的笑容离开。

他：你的那个雕塑家兼舞蹈家，他看起来疯疯癫癫的。不过确实，我们一路自东向西横穿诺曼底地区，从费康的砾石搬迁至圣米歇尔山的沙滩，海洋发出的声音早已变化。佩伊德科海岸的波浪猛烈激昂，在刺耳的喧嚣声中碾碎无数的小石子，而在这里，海潮一边以海鸥的速度前进一边呢喃自语。

她：这种不真实的沉默在你身上没有奏效。在费康，我曾经爱上一个不苟言笑的男人。你从骨子里对所有围绕着人际关系展开的家常闲谈感到深深厌恶。“早上好”，“晚上好”，“过得好吗”，“很好，你呢”，“什么鬼天气”……你沉重的一瞥就能制止所有这些絮絮叨叨的废话。而在这里，你却变得越发寡言少语。你的沉默中藏着埋怨，私语里也含着怨言。

他：注意。我从没反对过像“什么鬼天气”这样的话。我不觉得谈论下雨或天晴是没有意义的，这对水手来说是个重要的话题。我呢，我甚至能从天气预报中感受到抒情诗般的魅力。是的。我们说出来的话应该与天空和大海一致。费康人的说话方式与阿夫朗什的气氛格格不入。在这里，仿佛有一种温柔而隐蔽的呼唤，一种我不知道该如何去满足的要求。

她：在这里，每天的落潮给沙滩带来无边无际的沉默，我们因这沉默而渐行渐远。六八年五月风暴刮起的一股言语狂潮，使我渴望拥有一种简洁的智慧，听到一些简短而有分量，并且意义深刻的话。可惜如今我们深陷在沉重的缄默中，所有一切都像大学生的唠叨一样空虚。

他：你到底想要什么。你如今总是不停指责我沉默不语。你不惜一切总是在逼我，不知道它有多伤人。

她：这是为了让你从沉默中走出来。我找你吵，找你闹。什么是夫妻吵架的场景？那是妻子的胜利。是一个妻子由于对丈夫的不断追逐吵闹，而最终成功将丈夫从沉默中挣脱出来。逼着他叫喊、发作，甚至辱骂，而妻子却甘心地任凭自己淹没在这劈头盖脸的臭骂中。

他：还记得人家怎么说德·卡莱-普鲁盖伯爵的吗？在社交场合，他的妻子和他看起来好像和和睦睦。为了不使外人说三道四，他们该说的话还是照说。但就是不多说一个字，确实是这样。因为那只是面子上的事。实际上，伯爵在知道自己的妻子欺骗了他出轨之后，对她说了最后一次话，告诉她从此以后他将不会再和她单独说什么了。了不得的是，尽管他们之间保持沉默，他还是有办法和她生了三个孩子。

她：我可从来没有骗过你。但是我要告诉你，就连那些不让人起疑心而起码该说的几句话，你都不能给我。每个周日，我们一般会去海边一家餐厅共进午餐。我们之间一句话都不说，我有时都觉得丢人，不得不无声地挪挪嘴唇，让其他用餐的客人以为我在跟你说话。

他：有一天早晨我们一起用餐……

她：我记得。当时你只顾埋头读你的报纸。你把报纸摊开，像屏风一样挡着，人都不见了。还有比这更没教养的吗？

他：你往桌子上放了一个小录音机，按钮一按。然后听到各种声音，有哨声、咳声、抽风一样的声音、呼声、鼾声。声音那么有规律、有节奏，一遍过去，回到原点，重新再来。我问你：“这是什么？”你回答：“这是睡觉中的你。你要跟我说的就是这些。于是我把它录了下来。——打鼾？我？——当然，你打！只不过你自己不知道罢了。现在你听到了，这是个进步，不是吗？”

她：我还没有说全呢。拜你所赐，还有你晚上发出的鼾声，我快成专家了，原来我身上总是有一个学生，她随时会醒来。我发现了一门科学，鼾学，一个关于夜间打鼾的定义。定义是这样的：“鼾声是在睡眠期间发出的呼吸杂音，由振动引起。在夜间呼吸时，从人体的鼻孔和嘴部流入的空气汇集于软腭处，在它们的双重作用下，鼾声便形成了。”就是这样。另外我再加一句，软腭的震动和帆船在风的吹动下的震动非常相似。如你所见，这两个现象都与震动有关。

他：我对一时的出游确实很感兴趣，但是我提醒你，我可没有开动马达扬帆出海。

她：至于治疗鼾症的方法，最彻底的莫过于做手术切开气管，也就是说在气管上人为地开一个口子，使呼吸在平常的鼻部路径之外进行。但还有一种方法叫做 uvulo-palato-pharyngo-plastie，内行人称之为 u.p.p.p.，即切除软腭的一部分，包括小舌，并且削去舌尖以降低它震动的可能性。

他：真是应该告诉那些年轻人，结婚对他们而言意味着要面对什么!

她：彼此彼此！一个年轻姑娘怎么能够想得到呢，她心爱的白马王子在夜里竟会发出火车头一般的声音？可还是保不准：夜里跟一个鼾声如雷的人待久了，自己的人生观也会变得相当苦涩啊。

他：这个鼾学理论到底想要说什么呢?

她：要说的是，一对夫妻是日久才慢慢成夫妻的，时间越久，夫妻间交流的话就越重要。最初，一个手势就够了。接着对话的交流面越来越宽，深度上也要增加。当夫妻间什么也不说了，他们也就不成夫妻了。要是哪一天，男人在外忙了一天回家后，我不想告诉他我干了些什么，也不想从他嘴里听到他在没有我的时候是怎么度过的，那么我跟他也就到头了。

他：确实，我从来就不是个很健谈的人。但是你却经常因为不感兴趣而打断我正在说的一些事。

她：那是因为这些故事你已经讲过快一百遍了。

他：有一天，在这个问题上，你给我提了一个非常恶毒的建议，而我还反问自己你是不是认真的。你建议我给每个故事编上号码。从此以后，我不需要再像其他讲故事的人那样从头到尾认真细致地描述故事的所有细节，而仅仅需要说出它的编号，你就可以立即心领神会。当我说二十七号时，你就会在你的故事存储库中找到那个关于我祖母的狗误上了我的渔船，最终被警备艇送回费康的故事。至于七十一号，我们就会一起默默回想，我曾经在出海时救下两只海鸥，并给它们喂了些食物，它们是如此忠诚以至于若干年后依然能够在另一艘船上找到我。接着十四号故事，我祖父唯一一次巴黎之旅历险记就会在我们脑海中浮现。既然这样，就别再指责我的沉默了！

她：你的那些故事，所有细节我都清清楚楚，我甚至能讲得比你更生动有趣。一个善于讲故事的人应该懂得自我更新。

他：那不一定。重复也是讲故事的一部分。有这样一个讲故事的传统，像孩子们，就很乐于遵守。他们在听故事时不会考虑它的新意，而是要求讲故事的人用完全相同的字句讲述同一个故事。任何一点改动都会激起他们的愤怒和不满。同样的道理，日常生活中也有这样的重复规律，星期、四季、节日、年份。一种幸福的生活应该懂得如何在这些重复的模子中度过而不感觉到闭塞。

她：那个让你给故事编号的主意，你不应该单纯地认为是为了要让你闭嘴。我同样也可以用它来让你开口说话。我可以简单地对你说："二十三号。"你就会立即跟我讲述在一九四四年九月二日到十三日期间你被困在勒阿弗尔的经历。但是我惭愧地扪心自问：我会有心倾听这个永远用相同的词语讲出来的故事吗？我有孩童般的想象力去接受它吗？

他：我倒宁愿相信另一面。你这是自欺欺人。其实还存在另一个观点，我的观点。只消用一个残忍的办法就可以结束夫妻间的对话，那就是找到另一只还没有听过故事的耳朵。如果一个男人另结新欢，他仅仅是想找一只还没有听过他生活经历的耳朵来聆听这些故事。唐璜也只不过是个无可救药的大话鬼——这个西班牙语词汇的原意就是花言巧语的人。他只有当一个女人对他的大话深信不疑时才对她感兴趣——唉，这是如此短暂，而且越来越短。一旦那女人的眼神里流露出一丝惊讶或迟疑，就犹如在他心上投入一块寒冰，令他性欲全无。于是他仓皇而逃，离开这女人，去别处寻找那炙热迷人的盲从，只有这些才会使他的大话更有分量。所有这些都证明了夫妻生活中用词用句的重要性。另外，当夫妻有一方和第三者发生性关系，我们会说他“欺骗”了自己的爱人，也就是将他的不忠摆在语言层面。一对从来不向对方撒谎的夫妻，会立即坦诚自己所有的背叛，决不会有所欺瞒。

她：或许吧。但这将会是一段厚颜无耻的对话，况且在坦诚相对的名义下，他们其实会给对方造成更大的伤害，并最终导致两人更快分手。

他：那么就应该欺骗了？

她：是，也不是。在谎言的阴暗和坦白的无耻之间，还存在一大片灰色地带，在那里，我们知道真相，但是闭口不谈，或是故意忽视它。在社交场合，礼仪规定禁止某些真相被肆无忌惮地传播开。为什么在夫妻生活中不能有这样的礼仪呢？你瞒着我，我瞒着你，但我们又都不想知道这些。在这样的夫妻生活中，没有所谓的亲密无间，只有含糊昏暗。“将灯罩放低一些吧。”可爱的保尔·格拉尔迪如是说。

他：在夫妻间或许可以这样，但是显然在女人之间这行不通。在女人堆里，呈现出的是世界上最残忍的厚颜无耻。女士们，当你们聚在一起时，你们就成了一帮可怕的长舌妇！有一天在理发店里，我坐在与女士美容区仅隔半块木板的男士区等待时，被隔壁混杂着理发师、美甲师、洗发师，以及女客人们声音的寻常聊天内容惊呆了。所有身体上和夫妻生活中最私密的内容都被毫无保留地公然谈论着。

她：可能男人之间会感到有些拘束？

他：比你想象的还要厉害。至少比女人们要拘谨地多。男人们普遍拥有很强的虚荣心，一般来说这些可笑的虚荣心会让他们在某些场合感到羞耻。比如说，我们从不主动谈起自己的毛病。

她：确实那些“私密内容”，如你说的那么漂亮，在男人那里算不上什么。对他们来说，所有一切都归结为数字，多少次或者多少厘米。而女人的秘密则完全不同，它们是微妙的，是模糊的！至于我们的同盟关系，那也是被压迫者之间的关系，所以具有普遍性。因为女人到处都遭受着男性意志的压迫。任何男人也不可能明白两个素不相识的女人之间可能产生的同盟之情有多深厚。我记得有一次去摩洛哥旅游，我是我们这一行人中唯一的女性。正如在南部常见的那样，我们在一个非常年轻的男孩的帮助下靠岸登陆，然后他自发提议邀请我们到他家去喝一杯茶。他的父亲在儿子们的簇拥下接待了我们一行，大概有三四个男孩吧，我记得不太清楚。最小的儿子才刚刚学会走路。一块布遮住了一间可能朝向卧室的房间。这块布偷偷摸摸地挪动着，隐约能看见里面一双黑色的眼睛向我们投来一瞥。母亲、女儿们、祖母、岳母，所有女性成员都被驱逐到这间屋子里，等待，聆听，观察。我还记得过去，女人们对在家中安装自来水龙头的抗议。因为这对她们而言，意味着到镇上的泉水边打水并且与其他妇女悠长而美妙的闲聊机会彻底被终结。到最后我们离开时，一个刚从外面回来的年轻女孩与我擦肩而过，她只对我一个人笑了笑，因为我是那里唯一的女性。在这个笑容中隐藏着一个热情的友爱世界。当我说友爱时，我应该说“姐妹社会”①，如果这个词存在的话。

---

① 原文为 sororité。

他：或许因为这个事情本身太少见了，所以我们没有给它命名吧。

她：其实这是因为一直以来都是男人主导着语言。在一本很有意思的名为《女人岛的奇迹》的小说中，杰哈特·豪普特曼以他的方式呈现了一种鲁宾逊式生活。他想象一艘大型客轮在海上遇难，仅有一些载满女人的小艇被海浪打到一座孤岛的浅滩上。由此这座孤岛形成了一个女人的共和国，大概有上百个公民。

他：那是地狱!

她：完全不是，正好相反！那是一个伟大的姐妹社会。豪普特曼所持的观点是，如果女人们吵架了，那都是男人的错。男人才是导致姐妹不和的最大始作俑者。即使在最亲密的姐妹之间，她们共同的心上人也会扰乱她们的关系。

他：这就是你所谓的奇迹?

她：不，奇迹是，有一天，当姐妹们在这座孤岛幸福地生活了数年后，一个女人发现自己居然不可思议地怀孕了。

他：大概是圣灵的作用吧。

她：如果她生下的是个女孩那么一切都好办。但是恶毒的命运却偏偏让她产下了一个男婴。女人岛终结的钟声敲响了。男性病毒很快就要完成他毁灭性的使命。

他：总的来说，由于你和我，我们不幸地分别属于两个完全对立的性别，所以我们之间也没有什么好说的了，只能分手。那么至少让我们光明正大地分手吧。叫上我们所有的朋友来享用一顿通宵达旦的晚宴。

她：一顿半夜餐，就如西班牙语说的那样。

他：选择一年中最短的那个夜晚，好让我们最后一批离开的客人们能够看到港湾上初升的太阳。我负责菜单。餐会上只需供应我在沙滩上捞捕到的鱼虾等海鲜就可以了。

她：我们对他们倾诉，他们也会向我们倾诉，那会是一场关于婚姻和爱情的盛大聚会，一个分享爱情和大海的午夜飨宴。当所有人都说完他们想说的话，你就用餐刀敲击酒杯，然后向他们郑重宣布这个令人伤心的消息：“乌达尔和娜黛姬要离婚了，因为他们再也听不进去对方说的一个字。他们有时甚至会吵架。接着陷入一片可怕的沉寂……”当最后一个客人离开后，我们就在屋子的大门上挂一块布告板：待售。然后我们各奔前程的时刻也就到了。

*

一切就这样井然有序地进行，所有乌达尔和娜黛姬的朋友都收到了夏至夜那天共进晚餐的请柬。娜黛姬预订了阿夫朗什三家旅店的所有房间，乌达尔在两名同伴的陪同下准备了一场规模盛大令人难忘的捞鱼活动。

当第一批被邀请的客人出现时，天还是亮的。那些最远的客人从阿尔勒直奔此地。紧接着，一些周围的邻居也按响了门铃。又过去半个钟头，接下来的大批客人拥了进来。整夜里客人们接踵而来又陆续离开，屋外汽车来来往往，仿佛一场芭蕾舞表演。这正是娜黛姬和乌达尔希望的，不是一场围绕着桌子按时开饭的寻常晚宴，而是一场历时长久、期间餐点不间断供应的聚会，每个客人都可以凭自己的喜好拿取食物。首先上来的是一些活蹦乱跳的黄道蟹、牡蛎炖汤和烤面包丁，以及一些烟熏鳗鱼。接着上来的是威士忌烧寄居蟹和熏紫海胆。根据传统，要等到午夜十二点的钟声敲响，主菜才会被端上桌，即蓬巴杜龙虾，旁边围绕着一圈海参。随着夜晚的继续还会出现辣椒章鱼、墨鱼海鲜饭和白葡萄酒烩隆头鱼。在黎明的第一束阳光射进来时，还会再上一些白酒醉鲍、拔丝海葵和用香槟酒做的圣贾克贝。这是一场真正的海滨半夜餐，没有蔬菜，没有水果，也没有甜点。

一小撮宾客聚集在一块高台上，高台的桩基一直延伸到沙滩。娜黛姬和乌达尔都记不清那晚是谁突发奇想，开口讲起第一个故事。还来不及让众人细细品味，它已经消散在夜色之中，接下来的第二个、第三个故事或许也遭遇了相同的命运吧。然而，惊讶于眼前正在发生的一切，娜黛姬和乌达尔想办法记录下宾客们后来讲述的故事，从而将它们保存下来。就这样，一共记录下了十九个故事。这些故事，要么是童话故事，以神奇而传统的“在很久很久以前”作为开头；要么是短篇小说，以第一人称讲述生活中残忍而肮脏的片段。娜黛姬和乌达尔认真地听着，被这些充满想象力的故事内容震惊。这些故事在他们自己的房间里被一点一点构思出来，随即又在故事结尾的最后一个词落地之后被遗忘，腾出空间给其他那些同样昙花一现的故事。他们想到了拉各斯的沙雕。他们耐心地倾听这一系列虚构的故事被缓缓道来，直至终结。在他们看来，仿佛那些短篇小说，带有强烈的现实主义色彩，悲观，令人无法自拔，将他们推向分离，瓦解他们的夫妻关系；而那些童话则是截然相反的甜蜜，热烈，亲切，促使他们更加靠近彼此。不过，如果说刚开始，沉重伤感的短篇小说凭藉它的真实性使人们信服，那么随着夜深，童话则以它的美丽和力量取胜，最终散发出令人无法抵抗的光辉，魅力四射。在最初的几个小时里，安其·克勒维——受尽屈辱而充满仇恨的孩子、偷猎者欧内斯特、自杀的德欧巴特，以及露西——没有影子的女人，还有其他一些人物，所有这些心理阴暗、愤世嫉俗的人散发出阵阵令人厌恶的阴郁气氛。然而很快，安古斯和法斯特王、皮埃罗和他的白鸽、舞者亚当和芳香的夏娃、中国画家和他的希腊对手，上演了一场全新的庆典，朝气蓬勃而萦绕耳畔，成为这仪式上最耀眼的陪衬。尤其是最后那个关于两场盛筵的童话，似乎挽救了夫妻的日常生活。它将一些重复的事情提升到虔诚深刻的纪念仪式的高度。

夏至的阳光点亮了圣米歇尔山的轮廓。最后一位客人，在向仅剩的这两个餐会组织者讲完这最美的或许并非杜撰的童话故事后，起身告辞了。上涨的潮水在平台的栅栏地板下奔流。波浪掠过，贝壳松开它们的壳瓣，放出干燥时储存在身体里的一小口水。浅滩上成千上万张贪婪的嘴被咸咸的海水灌满，发出簌簌的声响。沙滩结结巴巴地寻找着自己要说的话，正如拉各斯理解的那样。

“你没有站起来，你没有用餐刀敲击杯子，也没有向朋友们宣布我们分手这个令人悲伤的消息。”娜黛姬说。

“这是因为当所有的故事灌进我的脑子之后，我觉得已经没必要分手了。”乌达尔回答。

“其实我们缺少的，是一个能让我们住在一起的充满词语的房子。从前，宗教带给夫妻们一个既真实(教堂)又虚幻的庇护所，里面住着圣人，传奇故事为它添光增彩，圣歌在那里回荡，这个庇护所使夫妇们免受来自外界和他们自身的伤害。我们缺少的就是这样一个栖身之地。我们的朋友为我们提供了构建这栋房子所需的所有原材料。文学对陷于困境的夫妻来说就像是万灵药……”

“我们就像两尾鲤鱼，躲在自己的鱼缸里，对外界不闻不问，”乌达尔总结道，他总是忠于他那些鱼类的隐喻，“从今往后我们要像两条鳟鱼，肩并肩地在排山倒海的巨浪中一起颠簸漂泊。”

“你的海鲜半夜餐非常完美，”娜黛姬接着说，“我任命你为我家的主厨。你将成为厨房的大祭司，负责传承烹饪和餐饮仪式，给每一餐饭赋予精神上的意义。”

诸圣瞻礼节的蘑菇

这个周末我在里约热内卢有一场马球比赛。我要去里约和我的妻子会合，她已于四天前带着我最好的三匹马先行出发。这些马需要提前离开，以便有足够的时间来克服十小时飞行给它们带来的疲劳以及神经紧张。我的妻子很乐意牵着它们在马道上散步，好让它们放松下来。作为一名骑士，我显然应该娶一名女骑手。我的前两次婚姻都因为缺少这一层关系而以失败告终。

我过去当了很久的单身汉，但是现在我又是个彻头彻尾无可救药的已婚男人，或许正是这个奇怪的状态，使我非常怀念向往年轻的时光。那天晚上，我本该到戴高乐机场坐上去里约热内卢的飞机，途中经停马德里。打发走所有的仆人之后，我关上了自家府邸的大门，然后提着行李箱在门前等出租车。我的思绪早已从巴黎飞走，仿佛已然和妻子一起住在说好要接待我们的马术俱乐部的朋友家。不过最美妙的莫过于我可以和那些亲爱的马儿在一起了，经过几天的休整，它们应该已经从飞行中缓过神来。

然而我的美梦突然被现实无情地打碎，一块告示板横挂在我即将乘坐的那趟航班的登记台上方：上述航班取消。原因：马德里机场地勤人员罢工。我感到异常沮丧。在佛朗哥元首治理下绝不会有这样的事情发生！由于等待下一班飞机所需的时间以及巴黎与里约的时差，我的马球比赛泡汤了，心爱的马儿却已经被我徒劳地送到大西洋彼岸。我的妻子倒是不以为意：她喜爱乘坐飞机，而且想想看，在巴西明媚的春天里稍作逗留，根本没有什么悲惨的。

不过这一意外情况反倒奇怪地将我与现实割断。房子的大门已经锁上，佣人们都被遣散，我的马儿和夫人也已经飞走了。荒唐地回到思绪早已飘离的巴黎，我在异样而令人不安的空虚中漂浮摇摆。我觉得自己的生活仿佛“裸露着”，就像一颗摇动的牙齿，仅仅依靠惯性的力量留在它牙龈孔的位置。哪怕是舌头最轻微的挤压也会掀起牙龈根部，将柔软带血的牙洞暴露出来。我坐上一辆出租车回家。当我的脚再一次踏上熟悉的人行道，过度的自由令我惊慌失措。一只手提着行李箱，另一只手提着我的公文包，我用膝盖推开花园的栅栏门，走上园中小径。十一月潮湿的夜晚已悄然降临，但昏暗的路灯依然清楚地照亮地面。我抬起脚踢开一大片枯萎的叶子，从而发现了一束瘦小的蘑菇。“是个适合蘑菇生长的时节。”我思量着。屋子里昏暗阴森。我走了进去，上帝啊，我在这里到底能干什么？冰箱里什么都没有，电视机也黑着。我在空旷的房间里转了一会儿，它们被收拾得太过整齐，以至于让我觉得自己是一个擅自闯入的外人。我想去勒苏尔路上一家开到午夜的小饭馆吃点东西，但这个想法让我感到害怕。最终，我脱了衣服上床睡觉。

“是个适合秋天的蘑菇生长的时节。”是的，因为如果说蘑菇主要在春天生长的话，那么它在秋天长出来的品种更加矮小粗壮，颜色也更深，但这并不影响它的美味。我再一次看了看刚才那一撮瘦小的蘑菇。我想到自己的童年。在战争年代，我度过了我的八岁、九岁、十岁、十一岁和十二岁。我们住在勃艮第一个村子的本堂神甫那里。日子过得马马虎虎，但我们对这段悲惨时期丝毫没有抱怨。我经常骑着自行车在乡间来回穿梭，从农民的地里拾一些粮食。我远没有忘记连接在自行车座杆上的拖车那可怕的重量，也没有忘记迅速取代了橡胶轮胎的软木条的粗糙。当时我在镇上的公立学校上学，大家都对我的衣着和口音所暴露出的资产阶级出身感到不满。我只有欧内斯特这一个真正的朋友，一个“坏东西”，无可救药的笨学生，却又是一名天才的猎手。在捕猎方面，用绳索套兔子、设陷阱捕乌鸫或是用手捉乌什河的鳟鱼，没有人能和他相比！多亏了他，有多少次我算是改善了家里的伙食！作为报答，我母亲送给他一些我们穿旧的衣服和用不到的鞋。所有这些在他身上都显得格外合身。他春夏秋冬一年四季都穿着我们的旧衣服，而这些衣服也反过来因为他而延长了寿命。

辨别蘑菇曾经是他的特长。他能够在学校老师的桌子下面发现蘑菇，甚至是些完全可以食用的蘑菇！他不需要任何理论，只是凭感觉就可以辨别毒菌和可食用的蘑菇，而且绝不会出错。但微妙之处在于：不能将蘑菇采摘了放在手帕或是篮子里来问他意见。如果那样的话，他会摇摇头，拒绝作答，承认他不知道。蘑菇只有待在它生长的土地上时，在别人没有触碰它之前，才是可以被辨别的。这就是欧内斯特。

蘑菇……我记得小镇附近有一块时不时会被水淹没的田野，在一汪封闭的泉水下方——乌什河两大水源之一——我们称之为急流谷，我也不知道为什么。我倒宁愿相信在当时是这些蘑菇在稀疏的草地上形成了它们的“巫师圈”，才使得这块原本贫瘠的土地孕育出各种生物。

我徒劳地尝试入眠。在没有真正睡着时，我陷入一种半睡半醒的梦中，它将我带回童年时光。虽然总的来说这段时光非常短暂，但它构成了我所有存在的基石。急流谷和它的蘑菇，欧内斯特和他装满蜥蜴、昆虫、鸟窝、鸡蛋、刀、捕鱼工具或是捕兽器的袋子。我远离这些已经有三十五年了，但是他们在我脑中依然如此生动，仿佛近在咫尺。如果要彻底忘记那个村庄，以及那些在黑暗时期陪伴我度过童年的人们的话，该是多么的忘恩负义啊！

我从床上爬起来。很明显我没有丝毫睡意。我重新穿上衣服，却不好意思正视心底早已决定接下来要做的事。我的宾利车在地下车库等着我，像一头熟睡的温顺的野兽。只要发动引擎，它就会从它的车位一跃而起。我发动了车。电子门缓缓卷起。发动机发出平稳的声音。弗切大道沉浸在一片昏暗的微光中。我朝环城公路开去。当我驶上通往南部的高速公路时，正是凌晨两点半。

到达普伊昂诺克苏瓦出口处，我有些踌躇。本来我想直接一路开到博讷，然后从 470 国道上蒙蒂尼。但是那块标有普伊出口的牌子，上面列出一长串村庄的名字，在我耳边萦绕，让我无法再抵挡它们的呼唤。孔马兰，勃艮第作家兼铁路工亨利·瑟诺的村庄；蓬德帕尼，我外婆度过她童年以及最终入土的地方；沙济伊，我和我的兄弟们曾在那里的一个人工池塘里游泳。就这样，我驶下高速公路。所有回忆立刻在我脑海里不断浮现，甚至夹杂着一些间接的记忆，我想说的是那些在家里早已听过上百遍的关于我父母或祖父母的故事。于是，当车子驶下通往圣萨比娜村的斜坡时，我想起在一九二六年，我祖父驾驶着他那辆雪铁龙 B12 犯下的白鹅大屠杀罪行。当他最终在乌什河畔布利尼镇的自家药店门口停下时，我的祖母被他车上覆盖的白色羽毛震惊了。“明天我们到圣萨比娜吃鹅去。”祖母用圣经般简单的句子说。我开着车慢速从这个药店门口经过，黎明将太阳升起的水平面涂上一层乳白色。多少回忆啊，多么壮烈的死亡啊！

布利尼离蒙蒂尼有两公里。当我进村时，所有一切都还在沉睡。我松了一口气。我不想在离开此地多年之后大张旗鼓地开着这辆引人注目的轿车回来。我立即出发前往闭塞泉旁的急流谷。到了那里，我简直不敢相信自己的眼睛：一片森林！那曾经绵延起伏着一块块湿草地的地方现在竖立起了一个小树林，里面整齐地种植着桤木。看来当初那个清理洼地并在上面种植树木的想法是完全可行的。然而眼前的这些树木，尤其是它们的高度，冷不防地让我估摸起岁月的分量。是啊，一株幼苗并不需要三十五年的时间就能长成一棵大树！我突然感觉自己老了，早已走过但丁所说的生命轨迹的中点。接着，我感到一阵沮丧。我的那些蘑菇呢？我在深夜里从床上爬起来并且走了这么长一段路，难道就为了这样空手而归？我再一次在记忆里搜寻蘑菇的痕迹。在巴朗斯山的顶端，在贝塞昂绍姆的牧场间，我在脑海中还看到了一片被落叶松延伸的枝干完全遮蔽的小树林中的空地。蘑菇就是这样生长的，它不仅需要空气和阳光，同样也需要一排篱笆，一堵墙，或是树木延伸出的枝干作为保护。

于是我又开车出发，前往博讷，行驶在一道名叫巴朗斯的斜坡上。开了五公里后，向左驶入朝向克雷佩的一条狭窄的省道，然后就在到达贝塞前……所有我想要的都在那儿。走出车门，看到那些圆柱形的草坪以及冷杉树丛，我重新找回勃艮第山峰（贝塞昂绍姆的山口是南部高速公路的最高点）有点类似阿尔卑斯山的氛围。那块落叶松遮蔽下的空地就在原处没有改变。至于那些皱着的蘑菇（小皮伞菌），整整一大片，也像是约好了似的在等我。我从后备箱里找出塑料袋，干劲十足地动起手来，仿佛年轻了二十岁。是因为我长大的关系吗？我感觉从前在这里采摘到的蘑菇比眼前的更大更好。往昔金色的薄雾啊，你使再渺小的事情也变得伟大。

装满蘑菇的沉重的袋子将我从美梦中拉了出来。现在该怎么办呢？重新上路打道回府？消极的想法。那么还能干什么，去找谁呢？当然是欧内斯特！不止是落叶松伸出的触角没有改变位置，他，我天才的猎人，应该也没有搬家。现在正是凌晨六点，泛着微微玫瑰色的晨曦在远处克雷佩的钟楼身后缓缓升起。对那个野人来说这正是个好时候。

宾利像一只大猫一样发出隆隆声，驶下巴朗斯。

经过从前属于盖雷夫妇的小客栈，我向左转，穿过乌什桥。欧内斯特父母的屋子显得有些破旧，楼梯变得微微倾斜，屋顶像是穿旧了的内裤一样被修补过许多次，但它一如既往地欢迎着我的到来。我敲响大门。一个立即被我认出来的声音问道："谁啊？"我说出自己的名字。门开了。"是你呀？"的确，他的变化很大，如果在大街上擦肩而过，我不确定自己能不能认出这个须发蓬乱的家伙就是我当年的好朋友。但转念一想，从那双因不屑而变得细长的绿色眼睛里，依然能看出这个一头红棕色头发的消瘦男人，这只蓄着胡子的狐狸就是我过去认识的那个目光犀利的人。从逻辑上解释，他的变化就像从一个孩子变成一个父亲。“我是为蘑菇而来的。”我一边对他说，一边递给他我的袋子，仿佛这个解释就足以为我沉寂了三十五年之后的突然出现做出辩解。“蘑菇？”他看了一眼我的袋子，说：“确实是你的风格！”他整个消瘦的脸庞挂上一副难以抑制的嘲笑表情，却又因为是我而稍加宽容，有所克制。“布瑞福，躺下！”一只无法确定品种但可以肯定绝大部分基因属于西班牙猎犬的狗，起劲地嗅着我的腿和裤口袋。“好吧，正好我要做早饭，”欧内斯特说，“如果你愿意，我们可以在蘑菇上加个蛋卷。”我当然非常乐意，尤其在我昨晚几乎没有吃晚饭的情况下。他给了我一把椅子，接着自己坐在一只木桶旁，开始拣蘑菇。我观察着这间屋子。屋子里杂乱无章地摆放着一堆旧东西，充满乡土和森林的气息：框子上晾着一些晒干的兔皮、渔网、鸟笼、捕猎筐、捕鱼篓以及捕虾网，在一垛木柴上摆放着一把斧头。我还注意到在一张很大的开放式床铺的上方，有三把枪，挂在紧贴着墙的枪架上，即使卧在床上的人也能伸手可及。这是由于祖传的习俗呢，还是他内心根深蒂固的不信任感？

“你一个人住？”

“除了上帝之外就我一个人啦！你知道我以前和爸爸的关系不

太好，所以离家出走了。他去世之后，我又搬回来跟妈妈一起住。接着过去了几年，我也忘记具体是多久，轮到她去世了。当时她不想去养老院，也是人之常情。从那以后，就没有别人了。只有布瑞福和我在一起生活，不是吗，布瑞福？”

那狗摇摆着尾巴表示赞同。

“所以，就这样，你为了采一些蘑菇，开了一整晚的车来到这里？”

事实就是这么荒唐。另外还有一个连欧内斯特都毫无异议表示赞同的事实：

“我妻子带着我的三匹马在里约热内卢，我感觉自由了。”

自由……真正的自由，不是就在我眼前吗？不正是诸圣瞻礼节的蘑菇们引导我来找它的吗？最初的时候，欧内斯特和我在村立学校里坐同一张长凳，开始了我们的生活。后来，我们分开了。截然不同的命运把我带到弗切大道的一栋私人宅邸里，而把他带回原点，在一座年久失修且充满各种气味的破屋子里，在这个生他养他的地方与他的杂种猎狗相依为命。我为了财富而奋力打拼，最终达到目的。我离过两次婚，和第三个妻子依然在一起，也只是由于我们两个对马的共同喜爱使得彼此的距离不断拉近。我完成了很多次环球旅行，从东向西或者从西向东。让我感到意外的是，欧内斯特对我的话题完全不感兴趣。我在这段时间所做过的任何事情完全激不起他丝毫好奇心。他连动都没动。他今天的生活与他童年和青年时期的生活一模一样。围绕着一年四季的节气展开的单调生活，日复一日，年复一年。这三十五年应该没有给他带来任何大的变化——而对我来说它却充满了喜怒哀乐——这段我从他的视野中消失的日子。最终，只剩下我有些疑惑要问他了。出人意料的是，这个离群索居的人，居然表现得非常健谈，甚至可以说很有口才。但很快我就发现，尽管表面上他在对着我说话，但他和布瑞福交换的几个眼神显出实际上它才是他真正的唯一听众。他的羊皮坎肩和红棕色的胡子让我想到流落孤岛的鲁宾逊。而我，我就是那个过了很长时间之后第一个登上小岛的英国商船船长，试图和这个穿着羊皮的人建立对话。事实上，我试图想象，如果我像他一样留在这片童年的土地，生活又将会怎样呢。

一些面孔在我脑海中浮现。比如说安妮特 · 马祖里耶。在我的童年时期，她简直就是圣母玛丽亚。人们常说，在镇上的学校里，甚至在整片地区，都没有比她更好的学生了。在十二岁的年纪，她就拥有成人般的严肃认真。她天使般纯洁的小脸，要不是还有一丝脆弱作为弥补，就会显得过于严肃。那她现在怎样了呢？接生员，治安审判员，还是修道院的修女？

“安妮特？啊，就是马祖里耶家那位啊。哎，她呀，可以说挺不幸的！但确实也算是她咎由自取。我们也说不清楚！她当时还不到十七岁，被一个从第戎来的流氓骗了。他自称是一名在印度支那立过功的老伞兵，满嘴净是一些不切实际的英雄事迹。所有人都警告过安妮特他不是个好人，何况他自己也毫不否认这一点：我就是个流氓。这一点，就像谁说的那样，全都写在他的脸上，只消看一眼就能明白。只有安妮特什么也看不出来。她固执己见，从来没有松过口，即使当他承认说自己在第戎有老婆和孩子。总而言之，他们结婚了。她有了第一个孩子，我们叫他皮埃罗。在她等待第二个孩子出生时，这个印度支那伞兵骗子消失了，只留给她一辆还没付清贷款的车子，一个一岁的孩子，一个尚未出生的婴儿，还有一堆债。更别提那些在她耳边不断重复的嘲笑声：我们早就跟你说过了，是你自己不听，等等。那个可怜的安妮特，她只好拼命地工作。幸好她有些证书文凭，足以让她在小学谋一份教书的工作。后来她甚至又找了个老公，一个比她大很多的为人老实的鳏夫。或许她以为自己和那个流氓之间已经什么都结束了，何况从那以后她再也没听别人提起过他。从某一方面来说，是这样的。但是她还有他的孩子们。稍微大一点的那个，他遗传了他妈妈的性格，没什么问题。但另一个则完全像他爸爸。这个叫让诺特的小家伙，在还不到十一岁的时候就总是由两个警察押着送回家，后来，他变得越来越坏。到目前为止，他妈妈还有能力为他干的那些蠢事赔偿损失。但也不能一直这样下去吧……”

那个如此聪明而严肃的安妮特，居然会为了与她生活在一起的人而不得安宁。就是这样的激情，这一时的狂热，也可能是外表的吸引，才使她拜倒在印度支那伞兵的脚下。聪明如她，应该知道自己正在犯一个愚蠢的错误，但或许她已经受够了这囚禁她多年的模范姑娘的名声吧。尽管那个伞兵离开了，但他把另一个自己留在她肚子里。这迟来的报复令安妮特迟迟无法摆脱他，因为那也是她的儿子。而这个孩子，将使她重复经历之前遭受的种种不幸。

炉火在布满裂痕的老式炉灶里呼呼作响。我还能像过去那样迅速地点起炉火，同时又不使屋里升起一团烟雾吗？这也是一门学问……欧内斯特往一口巨大的平底锅里倒了大量蘑菇，在我看来倒得有点多了。我还注意到他并没有洗这些蘑菇。我想起曾经有一天，同样也是在这个地方，我母亲和一个来做临时工的妇女起了争执。她来帮忙准备一顿丰盛的午餐。她对城里人那种总想把所有东西都用哗啦哗啦的水冲洗干净的做法表示强烈反对，觉得这让人无法理解。她觉得卫生就跟晦气一样，在她看来，只有一件事情是重要的：潮湿的食物，不管是煮过的还是生吃，都会失去原本的美味。

“爱德华·勒古特尔呢？他怎么样了？”

他在班上是“妈妈的乖儿子”。非常胆小怕事，又很小心谨慎，总是打扮得整整齐齐。这样一个乖学生都拜他母亲所赐，她规定他每晚回家必须学习。他的父亲在一次车祸中去世，勒古特尔寡妇便接手家里的小农场，将它管理得井井有条。农场大概有十五公顷，养了两匹马，四头母牛，还有一个鸡舍，一个兔棚，以及一群在水塘里戏水的鸭子。所有这一切仍然需要一个伙计和一个佣人。勒古特尔寡妇从来没有因此而放松过，相反这两个来帮忙的人却很快让她获得了苛刻贪婪的名声，往后也一直如此。他们一个接着一个地离开，她又招一些新人。每次都在重复之前的故事：一个热衷于金钱的泼妇，完全属于另一个年纪，另一种文化。

“那爱德华又怎么样了呢？”

这个问题引得欧内斯特一阵大笑。

“啊，我们可以说他真是完全控制了她，他那蛮横的妈妈！你还记得马日烈尔家的女孩吗，吉内特和薇薇安？”

当然，我当然记得她们！她们的父母，两个人都是彻彻底底的酒鬼。他们的孩子们——我也不清楚具体数字——总是有一天没一天地来上课，在学校里上演一幕幕生动的画面。不止一次，这个或者那个带着一些家暴的伤痕来到学校，有时严重到老师觉得应该通知警署。接着，孩子的爸爸就会暴风雨般地过来解释一通，对着学校大喊大叫，并且发誓说如果再这样的话，就再也别想见到他的孩子们了。

“是这样的，”欧内斯特接着说，“爱德华居然爱上了吉内特·

马日烈尔！当他告诉他妈妈时，她差点杀了他。不过毕竟，那也只是说说而已，因为她还是很疼爱她的宝贝儿子的。但是到这么一个不幸的家庭里找个女孩回来！绝不，绝不，绝不！直到有一天吉内特发现自己怀孕了，爱德华到处吹嘘说这是他的孩子。马日烈尔老爹亲自来到勒古特尔寡妇家。我真想亲眼看看那一幕。会面总共持续了一个下午，最终他们达成一致。爱德华可以娶吉内特，但是她将永远不能再见她的家人，任何一个都不行，完完全全彻彻底底断绝关系。这些话是薇薇安后来转述的。马日烈尔家的人甚至在婚礼那天也被排除在外倒是事实。接着，薇薇安定期到广场的咖啡馆给大家带来一些关于她姐妹的消息。最初吉内特在那寡妇家只能吃点干粮喝清水，遇到不得已要喝咖啡的时候才让她加一点牛奶。但尤其是，尤其是不给一分钱！衣橱总是被两道锁锁着。至于出去买东西，勒古特尔寡妇也都全包了。而吉内特，她在农场里只能搬袋子。她的姐妹常在咖啡馆里叫喊，在勒古特尔农场，她就像个外人一样，甚至可以说是一个分文不给的仆人！”

“但是孩子呢？”

“啊，孩子倒是有的，但是勒古特尔寡妇决定：一个孩子，只准生一个孩子。她不准吉内特再生第二个。但就是这个孩子，使所有一切都变了。吉内特生下的那个小孩，我告诉你，我们都叫她艾伯特！很快吉内特就发现，这个孩子正是她打开这座监狱的钥匙。因为从一开始，这个可怕的勒古特尔寡妇，在她的孙女面前就如同雪遇到太阳一样融化了。面对着这个孩子，她就像个迷失的白痴一样！所有看到这一幕的人都不敢相信自己的眼睛。对小艾伯特来说没有比这再好的了。她祖母的钱包对博讷的玩具店或是童装店永远大大地敞开着。与此同时，她却让自己的儿子和儿媳没完没了地干活。但是吉内特依然暗自窃喜，充满自信地等待着接下来要发生的。”

“接下来要发生的？”

“是的，因为艾伯特自懂事以来，就非常清楚周遭的状况。她的妈妈就是个可怜的奴隶，在等待自由。而这等待并没有拖太久！在十岁的时候，艾伯特就拥有了镇上最漂亮的自行车；十四岁又有了小摩托车；在十八岁她通过驾照考试，开起了一辆四马力的汽车。而爱德华，他从来没有拥有过一辆汽车！同时，勒古特尔寡妇渐渐丧失对农场的控制。吉内特和她女儿做了那么多，终于可以把她丢在一边，等着将她送到勃利讷的养老院去。疼爱有什么用呢，到头来还不是这样！”

我们尽情地就着武若的葡萄园出产的一瓶口感绝佳的葡萄酒，享用完一整个巨大的蘑菇蛋卷。显然承载着我所有童年回忆的勃艮第，是个人们知道如何享受生活的地方。尽管就像别处一样，这儿的人们也很贪财，对酒鬼也非常苛刻，对那些被爱情冲昏头脑变得软弱的人们也一样。

我继续机械地抛出一些人名，于是他们从被遗忘的角落又重新冒了出来。其中那么多人都已经过世了，这着实吓了我一跳。小尚波，那个总是带着他的工具箱到处走动，唯一的乐趣就是拆卸农机或是摩托车发动机的家伙：被德国人留下的炸药炸得粉身碎骨。他当时只是想看看里面有些什么东西。“鼹鼠”，一个瘦瘦高高有着一头垂顺头发的女孩，由于近视我们这么称呼她：得腹膜炎死了，而抗生素本可以在两年后将她治愈。至于盖雷夫妇，经营桥头那间仿佛成为界标的小客栈已有五十年。考虑到我离开时他们的年纪，显然现在他们已经不在了。欧内斯特告诉我说，他们去世的时间仅隔四十八小时，先是老太太，接着是老头。老头的死或许是因为失去老伴的那两天让他感到惶惶不安吧。还有一些人，就像我一样离开了村子，接着便杳无音信；相反地，也有一些新人到来。

在后者中，我认识一个名叫弗拉基米尔的，又名弗弗，我还住在这里时他在第戎的一家餐馆拉手风琴。他是这里一位天性慷慨大方、总是被一群孩子围绕着的女农场主奥诺里娜 · 瑟丹的兄弟。瑟丹老爹长得很像“凯尔特”牌香烟上的武士，是个有着金色长胡子的巨人。那是一个受众人尊敬爱戴的美满家庭。弗弗时不时过来探望一下，总是带着他镶有漂亮的象牙琴键的手风琴，一副城里人迷失在乡下地方的神情。从见到他的第一分钟起，我就非常讨厌这个昂首挺胸的小个子男人，穿着男士短西装，打一条炫目的领带，穿一双双色的高跟尖头皮鞋。他总爱装出贵族气派，仿佛农村人家的气味和吵闹声会吓到他似的，而这里朴实的人们则对他的玩笑以及旅行推销员般的双关语信任地报以一笑。

但不幸还是降临了。有一天在路上，一队德国人和一群抗德游击队员相遇交火。第二天黎明，德意志国防军的一队乌克兰士兵包围村庄，将里面洗劫一空。所有人都被关进村里的教堂。瑟丹家在那天遭受了最致命的打击。瑟丹老爹、农场伙计和两个大女儿，先是被隔离起来，接着又被带到树林里去。所有人都以为他们会在那里被枪决。其实他们被带过去只是为了要他们埋葬在之前的大扫荡中被杀的九名抗德游击队员。但是从那以后我们就再也没有见过他们，据说他们先是被关押在第戎监狱，接着又被押送到布痕瓦尔德集中营。

几天之后，仿佛命运必须对这次死亡的挑战做出回应，奥诺里娜·瑟丹生下了一对双胞胎。这原本非常美好，令人羡慕，但农场的情况却越来越糟。紧接着，弗弗就来了，比起之前头发更加卷曲，抹了更多的发膏，依然带着他那只镶有象牙琴键和斜挂背带的手风琴。他脱下一身短款男士西装，将他的尖头皮鞋、领带甚至他漂亮的乐器放到一边。他卷起袖子，露出城里人的胳膊，然后着手对付那险些因为老板、伙计和两个大女儿的消失而陷入困境的春种工作。

“那现在呢？”

“现在？弗弗，他就一直待在这儿了。你可以去看看他。解放过去一年后，瑟丹老爹和他的两个大女儿从集中营回来了。至于伙计，我们再也没有听人提起过。瑟丹终日行尸走肉似的，成了废物。他开始酗酒，弗弗几乎每天都要到小酒馆去找他，然后把他拖到床上去。瑟丹在五十年代去世了。弗弗再也没有离开过。他也逐渐变成了一个像他妹妹一样的真正的农民。他的侄子和侄女们就像对待父亲一样敬重他。他甚至模仿他的妹夫蓄起胡子。有时候，在星期天，大伙都坚持让他取下手风琴弹奏一曲，他也试着弹奏。不过他说用现在这些农民般粗大的手指，再也拉不好手风琴了。但这就是生活。”

现在剩下的问题就是打听我童年时居住的房子现在的情况了，那个在战时收留我们的旧神甫堂。

“那个老神甫家？啊，这是件让人伤心的事儿！你知道它就像教堂一样是属社区所有的。战后，你家搬离了那栋房子，村里就把它租给了一些当地人。他们从来没有想过给它做任何修补。这是必然的，因为房子并不属于他们。但镇议会那边又很固执，说什么租金太少了根本不足以支付修葺的费用。终于有一天，屋顶的一部分倒塌了。那些租户必须全部搬出，他们甚至得到了社区发放的赔偿金。从那以后，再也没有人住过去了，什么都没有。它成了一片废墟。”

那片废墟，本是一栋虔诚而令人心安的大房子，却因为对别人失去吸引力而变成了废墟……一种强烈的自责感再次刺痛我的心。把自己最柔软脆弱的过去遗忘到如此程度，怎么可能没有犯错？

“我们能去看一看吗？”

“如果你高兴的话！”

那只狗，一明白我们要出门，就立即在门口跺起脚。欧内斯特拿上他的帽子和依在墙边的一根柔韧的榛木树枝。我立即想到，从前，男人们在出门前一定会带上帽子和手杖。他唯独缺的只有戴手套了。当然啦，如果天再冷一些的话他应该会戴上的！

一个秋日美丽的早晨迎接了我们。温和潮湿的西风轻抚过树木发黄的枝叶，一群鹅从眼前经过，发出一阵喧哗的叫声。还未离开的燕子三三两两地分散在电线上，仿佛乐谱上的音符。布瑞福不紧不慢地追赶一只猫，那只猫最后消失在一个通风窗里。所有的一切都显得那么平静，就像一切本应如此似的！还是说激情和阴谋都四散着藏在长满青苔的旧屋顶瓦片下面？

不一会儿，我们就到了旧神甫堂。沿着花园的干垒石墙前进，墙上有些足以让外人自由进出的缺口，我们甚至能数出它们的数目。那是一个被荆棘、荨麻和野草侵占的破落花园，它再也不是我们过去所说的神甫花园了，而是一块废弃的空地。当我们缓慢走进去时，发出的声响吓跑了一对山鼠。

“很快就要过冬了。”欧内斯特一边观察一边说。

我注意到有两棵巨大的冷杉不见了，以前夏天炎热的时候，我总是在树下乘凉，听着风穿过层层叠叠的枝叶，发出簌簌的响声，就觉得不那么难受了。同样地，我以为它们是永恒的，不可摧毁的。然而我这两棵巨大的树，终究敌不过时光的摧残，被人们砍倒了……

这座屋子四面八方都敞开着。站在楼梯上，我们能透过屋顶一个敞开的裂缝看到天空。腐烂的地板在我们脚下弯曲变形。窗玻璃悬在窗框外摇摇欲坠。除了房子的主体框架，其他再也没有什么是好好的了。还难说呢！我记得过去我们要到院子里去打水，而厕所则设在花园一个土坑上的临时木屋里。

然而，我的想象力还是活跃起来。我开始规划。这里是浴室，有客厅的面积那么大，在朝向山峦的地方安一个玻璃浴缸。那里是一个巨大的壁炉，里面烧着镇上发给每户居民的木头。我依稀记得勃艮第的冬天非常寒冷，又极度干燥，气象学家解释说，这是因为极风在穿过一道峡谷时被直接带到了这片地区。但最让我兴奋的还是附属建筑的改造。我为我的那些汽车选了一块车库的位置，为我的那些马选了安置马厩的场所，还为我的猎犬选了建狗窝的地方。

当然我还需要一块菜园、一个兔窝、一个鸽棚，还有养野鸡用的鸡栏。另外，由于乌什的两大水源在花园汇集，要在这里挖一个鳟鱼鱼塘应该不是件难事，而且鱼塘的水毫无疑问将会非常新鲜。每天早晨，我足不出户就像是在集市上一样：沙拉、鸡蛋、鸡肉、兔子、鱼……我在脑中盘算着要实现这个美梦需要花多少钱。其实最不缺的就是资金了。这不正是拉封丹笔下所写的吗？尽管他确实也写了《奶牛和牛奶罐子》这个空想破灭的故事。

“你觉得镇上会把这房子卖给我吗？”

“这个房子？不太可能。没有谁比现在的镇长更固执了，他倔强得跟一头驴似的。”

“他是谁？”

“他叫阿莫里。赫克托·阿莫里。过去是个瓦匠。没别的可以维生的本事。他讨厌做出改变。不过我们还是可以去问问他。”

我们往他家的方向走去。我立即意识到我们现在这个组合从本质上来看并不能使这个大老粗放心。欧内斯特的名声还不尽如人意；至于我，我驾着那辆在巴黎注册的豪华轿车突然来到镇上的消息恐怕早已传开。我就算把自己介绍成从这里走出来的孩子，提起在镇里学校上学的日子，恐怕也只是枉费口舌。阿莫里在门口摆出一副架子，甚至没有让我们进去的意思。

“我们来这儿是想要租本堂神甫的房子。”欧内斯特终于开口说道。

“它不外租。”阿莫里打断。

“其实，”我小心翼翼地说，“因为要进行很多工程，我更希望能成为买主。因为您看……”

“这房子不卖，”阿莫里又打断，“不管怎么说，那个房子现在的状况不适合住人。”

“确实是这样，我已经去看过了。我打算自己花钱进行必要的改造工程……”

显然这一提议打动了老瓦匠。他后退着好像要请我们进去。然而不幸的是，我又说出了一些具体细节：

“如果要完全修补它的话，我希望能在两到三百万间搞定……”

阿莫里听到这些数字时差点跳起来。

“两到三百万？你以为这样就能搞定一切？光是修葺屋顶就需要至少三倍！”

他自以为发现了我的贫穷，报以狠狠的冷笑。这些巴黎人，开着镀金的车子吸引众人眼球，自以为很了不起，结果居然没钱买房子！他再一次靠在门上。让我进去是不用指望了。显然他有所误会。不过在我试图消除误会的同时，我也成功地毁了自己的机会：

“镇长先生，刚刚我说两到三百万的时候，我不是在说生丁①，我说的是法郎，沉甸甸的法郎！”

“两到三亿？”

他的嘴巴惊愕地掉了下来，眼睛也因惊恐睁得老大。

“噢，好吧，你想要怎样！把这片废墟变成一栋豪华别墅，加个车库，一些马厩，看门人的房子，鬼知道还有什么！”

阿莫里继续惊恐地盯着我看。

“两到三亿？但这还不够，是吗？你还想要掀翻整个村子？你想要……你想要……”

他再也找不到话去接了。最后，他斩钉截铁地说：

“那个神甫房子，我已经告诉过你了：既不出租也不出售！”

他转身走进屋里。我看了看用胡子掩着笑意的欧内斯特。我们重新返回他家，宾利车依然乖乖地在楼梯脚下停着。

“你走得太仓促了，”他对我说，“你应该留在这里，多认识一些人，拐弯抹角地，一步一步慢慢来。”

慢慢来！这可不是我的强项。在我看来完全相反，我所有的成功，都归功于我的不耐烦，快速的思考和迅速的行动。不管是公事还是感情，动作都要快，但反过来说这不也正是我所有失败的源

① 生丁：法国币名，等于百分之一法郎。

头吗?

三天之后，我又去戴高乐机场接我的妻子，以及为我的马匹办理报关手续。

当我的妻子把她的行李箱放到宾利车后备厢时，她发现了一个塑料袋，里面有一小撮蘑菇，已经开始腐烂。

“这是什么?”她问。

我把这袋东西扔到停车场的垃圾箱里。

“没什么，只是些蒙蒂尼的蘑菇。你不会明白的。”

我的妻子没有再问，她总是尊重我童年时期的神秘，那段美妙的时光。当时我们不但未曾谋面，她甚至还没生出来呢。

德欧巴特之死

十五年的时间过去了，难道这不足以让你置身事外吗？我努力这样说服自己，然而当我在读报时，看到德欧巴特·博尔特教授死亡的消息，还是忍不住内心滋生出一种负罪感。所有证据似乎都表明他是被谋杀的，而且凶手极有可能是他的妻子泰蕾丝以及她的情人，一个叫哈利·品克的人，很可能是他们两人合谋害死了他。泰蕾丝·博尔特让我回想起一段苦涩而又激荡的经历，这段回忆因为与我的青春交融在一起而显得格外美好。

当时我正在为我的文学学士学位做准备，为了让材料看起来更加令人信服，我在阿朗松市立初中担任学监，做一些无关紧要的工作。当时，德欧巴特·博尔特是初一两个班的老师，他本可以凭着自己的中学语法教师文凭而高高凌驾在我之上。但是他完全没有这么做，因为实际上没有人比他的处境更糟糕了。很难想象还有谁能比他更平庸，更没有特色，更乏味。幸好分给他的都是些年纪比较小的孩子，他的班一般来说也都相对容易带。显然那些再大一些的年轻人正处于“叛逆期”，一下子就能搞定他。或许在他刚开始工作时遇到过一些困难吧？我依然记得，有一天当我们聊到“教师职业”，以及老师和学生之间能够建立起来的各种关系时，他沉默不语。我也忘记那次聊天的意图具体是什么了——或许原本是积极的？我不知道。但当时我看到他一再地摇头，脸上带着受伤的表情，重复叫道：“哦，不，那些孩子们一点儿都不听话，您知道的，他们非常残忍无情。他们觉得只有自己才是最强大的。”不过，如果说博尔特的这些话引起了我夹杂着一丝抵触情绪的同情（在我那个年纪，我依然感觉到和这些“残忍”的孩子非常亲近），我还是不可能瞧不起他。因为只要有人稍加鼓励，让他打开话匣子，他就会立马表现出令人惊讶的睿智博学，他对古典拉丁语和希腊语了如指掌，无论是谈起罗马建筑还是巴洛克风格油画，甚至无调音乐和新小说，他都头头是道。他让人产生一种卑微的感觉，让你觉得你和你的同类们，你们做的一些事，对金钱和权力的支配欲望，都属于粗俗无知的范畴；而他则独自一人，悠然漫步在一片神秘的花园里，所有一切都那么晶莹剔透。

可是这样一个男人，却出人意料地拥有一个浑身散发着美和健康，对生活和爱充满欲望的妻子。这个胸部丰满的年轻的瓦尔基丽①，与

① 瓦尔基丽：北欧神话中的战争女神。

跟在她身后这个黯淡平庸的男人，形成了强烈反差，他甚至连她的一半都不如。其实这样的情况比我们想象的要常见得多。有些女人的权力意志十分强大，所以只能将就着嫁给一个软弱的丈夫，好让他对她态度随和百依百顺。

当时我还非常年轻、幼稚，想法也很大胆。每个周日上午，人们总能看到我在学校的田径场上锻炼。为了弥补学生们眼中学监一贯以来的迂腐夫子形象，我在田径场上总是与高年级学生一较高下，比赛一百米短跑或者跳高，并以压倒性的优势打败他们。就像所有人都梦想得到泰蕾丝·博尔特这个大美人一样，我那时也下定决心——既出于自身切实的欲望，又出于狂妄自大——要让她变成我的女人。我的出击轻而易举地就获得胜利，这是我的虚荣心早就料到的。相反，让我感到惊讶的是，泰蕾丝有个奇怪的习惯，总喜欢把我们之间哪怕最微不足道的部分和她丈夫联系起来。“这样的话，”她解释道，“别人就不能说什么了。”或许是这样吧。但是，就像很多年轻人那样受到一种固定思维模式的束缚，我总觉得自己带有传统通俗戏剧三部曲里人物的影子：妻子、情夫以及随和的丈夫，而且这种想法一直折磨着我。其实，要让我在我们俩的关系中察觉出一些异样、深层次而又令人不安的蛛丝马迹是非常容易的，因为拜它们所赐，我们之间的这层关系一直都带着一种无从比较的古怪。但是我当时盲目地沉浸在爱情之中。直到后来退一步思考，我才看清它真正的复杂性。

从道德上讲这并不是我梦寐以求的。但肉体上我们俩确实擦出了火花。如果第三个因素没有插进来加重这层关系的负担的话，肉体的快感倒是可以弥补道德上的不安。我的新朋友们让我付出很大的代价，尤其考虑到我身为小学监的财力，这代价显得更加昂贵。似乎毫无疑问地，他们会出现在我们之间所有的约会中。尽管在我买单时，博尔特会有些不好意思，但泰蕾丝很快就打消了他这种想法。除此之外，她还借口说那些汇票都不可靠，从我那儿借走了一笔买车所必需的款子。我大概为此取光了银行存折上所有的钱，显而易见，这就是不知廉耻的下场，因为我遇上了人们所谓的“桃花运”。我所剩无几的储蓄是用来支付假期去希腊旅游的费用的，我已经计划了很久。

我们美好的爱情持续了一个学期，学期对教师来说是个非常重要的时间单位。泰蕾丝和我，我们每天傍晚五点到七点之间，会在我狭小的学生宿舍里翻云覆雨。直到有一天，一件无法解释的事情发生了。

那天，正是在五点和七点之间，当我光荣地跨在我的瓦尔基丽身上时，房间的门打开了。该死，我怎么会忘记锁门呢？但真的是我忘记了吗？难道不是另一只手把它重新打开了？门口显现出德欧巴特的轮廓。因为我和泰蕾丝当时身处明暗交接的地方，所以只能逆着光看他。没有什么比这尊总显得倾斜着的身子更加可悲更加具有讽刺性的了，甚至当我们赤身裸体面对他时——他的手臂摇晃着，右肩高于左肩，大大的脑袋，斜向左侧，仿佛迫于重心不得不如此。

就这样，他在那里站了好一会儿，仿佛呆滞了，停顿着一动不动。其间，泰蕾丝强有力的臀部把我死死夹紧，让我动弹不得。接着，他轻轻关上房门，缓慢的步伐声渐渐远去。泰蕾丝从她的衣服上一跃而起，两分钟后，她就穿戴整齐准备离开了。“这是个会自杀的人，”她结结巴巴地说，“他会自杀的。”说完，她就像一阵风一样飘走了。

第二天上午，学校的校长朱利安先生把我叫到他的办公室。这是个聪明而厉害的角色，平日里总是装出一副很随和的样子。他愉悦地接待我，讲话方式也很亲切，先是提到春天，然后谈起青春，最后影射我的风流韵事。

“但是您看，”他接着说，“您做得有点儿过分了。您的一个同事对于您对他妻子所做的行为感到极为不满，而他的妻子也证实了他所说的。他们还带来了其他一些证据。但是一个教育机构应该尽量避免这样的丑闻。这对孩子们来说是怎样的榜样啊！在一个像阿朗松这样的城市……教师委员会……家长协会……”

总而言之，他觉得自己应该竭力说服我到别的学校去锻炼我学监兼勾搭少妇的才能。

其实这个变动对我来说只是损失了一笔搬家费，如果不算之前给泰蕾丝的那笔车钱的话。我不可能因为这个就抱怨博尔特，因为更恰当地来说，是我自己对不起他。所以我寄给他一封措辞文雅很有礼貌的信。但是祸不单行，应该是我——又一次！——没关好自己的房门。因为在我收拾衣服准备离开时，我哪儿都找不到之前藏在衬衣里的一沓钱，那是我准备用来去希腊度假的。

当时我还年轻，那次经历给我留下了深刻的印象，我的天哪，所有一切都是要付出代价的。话虽如此，我依然对博尔特夫妇心怀积怨。

德欧巴特回复了我那封信。他的信密密麻麻地排满了一堆难以辨认的字，比我的那封还要长，我实在没有耐心一一细读。唯一让我在意的是，这封信里并没有夹带任何支票。我愤怒地从上到下又扫了一遍，接着就把它和其他一些废纸一起扔到抽屉底下。

几个月后，我遇到一个依然供职于阿朗松初中的旧同事。

“博尔特夫妇？”他对我说，“你不知道吗？你还记得我们那个总是很随和的校长朱利安先生吗？好吧，就在第三学期末——又是这个对老师们来说非常重要的时间单位——博尔特先生突然撞见他的妻子躺在校长的怀里。更倒霉的是，当时和他在一起的还有纪律委员会主任。这个事件在当地引起了一阵轰动。博尔特到学区去告了状。最糟糕的是，这个丑闻就发生在自己学校内部。你看，在这么一个城市……”

“像阿朗松一样的城市，”我接着说，“还有教师委员会、家长协会等等。”确实，我完全熟悉这一套。

“总之，被戴绿帽子的博尔特最终非常隆重地被调到了巴黎郊区的一所高中任教。你想知道我的看法吗？”

“我可以告诉你我的，我敢打赌我们俩想的一样。那个泰蕾丝就是一匹该死的脱缰母马，她厚颜无耻地利用自己的情人来帮助丈夫的事业，我看要不了多久她丈夫就会变成索邦大学或法兰西学院的教授了。更不用说她一直以来敛到的钱财，因为与滚石①的情况恰恰相反，女人在变换情人的过程中会不断地积聚财富。”

*

这些事已经过去了十五年，从那以后，我再也没有听到任何关于博尔特夫妇的消息，直到有一天突然在报纸上看到这则血腥的社会新闻。显然，博尔特并没能像泰蕾丝的表现所预示的那么有前途。他成了巴黎一所高中的校长，而死神却在他退休的前一天拜访

① 法国谚语：滚石不生苔，比喻经常变换行业不会发财致富。

了他。至于另一名同犯，那个叫哈里·品克的年轻英国人，是在博尔特的学校工作的短期实习生。这一切让我觉得异常熟悉，倘若不是有一人死亡，另外两个作为被告关在牢里的话。除此之外，我还注意到一个区别。报纸上刊登了三位主角的照片。自我们最后一次见面，博尔特的相貌并没有多大的改变，大概是因为他一直看起来不怎么年轻。博尔特属于那种自二十岁起就越来越显老但内心并不和外表同步的人。英国实习生倒是很讨我喜欢，因为我不可避免地把他和曾经的我联系在一起，那时我还很年轻幼稚，不谙世事，和这对奇怪的夫妻纠缠不清。但是他却没有我那么走运。他对泰蕾丝的爱把他抛向了怎样可怕的苦难啊！至于泰蕾丝，她的相片着实让我吃了一惊。那个我认识的肌肉发达的瓦尔基丽，如今已经变成了一头丰满魁梧的母狮子。她沉着、冷静，而且充满自信，哦，没错，但她的脸颊和脖子，还有下巴下面的一团阴影，却还是显露出一种过分的成熟，或者说衰老。尤其是她已经改变的眼神，那里面再也没有对生活的挑战和充满欲望的光芒，而这正是她的魅力所在。现在在她眼里，更多的是一种不安的等待，说得更糟是一种屈从的疲惫。不过她依然是我的瓦尔基丽，这也就完全可以理解为什么她柔软的胳膊和丰满的臀部能勾引到一个如此年轻的小伙子了。

博尔特的死亡现场乍一看很像是泰蕾丝所说的一场意外。但是在仔细检查过后，这场意外却转变为对她的指控。诚然博尔特是在浴缸里被电动剃须刀电死的。不过警方后来调查发现他平时只用剃须刀片刮胡子，而且造成他死亡的那个电动剃须刀是女式的，属于泰蕾丝。但对泰蕾丝和她的情人来说，最危险的是很快就被警方列为证据的一封信，博尔特在去世前几天写给他妹妹的。在这封信中，博尔特控诉说他的妻子和这个年轻的英国人想要把他除掉。泰蕾丝逼他签署了一份保险单，如果他人间蒸发的话，她将变成一个坐拥百万的寡妇。他声称自己已经两次侥幸逃脱他俩要置他于死地的圈套。总之他提醒他妹妹，如果他有一天突然去世，那必定是死于泰蕾丝和情人合伙设下的阴谋。

我只有再一次凭借回忆，把自己设想成泰蕾丝那个年轻的情人，才能在心中弄明白整件事情的来龙去脉。同样不幸的遭遇会发生在十五年前的我身上吗？当然不会。然而，在这场被所有媒体添油加醋大肆报道的谋杀案中，我找不到当年我认识的那个泰蕾丝。她的确热衷于肉欲，对金钱也是一样，但是她会为此丧失道德良心吗？这一点我却不太确定。在我看来，对生命的热爱，会使人在某些行为面前本能地退缩却步，比如谋杀行为。泰蕾丝是贪财的女人，她的贪婪从不为任何细腻敏感所牵绊，但疾病和鲜血却会激怒她，就像马匹在路上闻到屠宰场的味道一样。现在我回想起来，有一次当我向她说起一个怀孕的女同事被送去非法堕胎时，她表现出的强烈厌恶和反感。“我，绝不！”她一边低沉地叫着，一边把双手按在自己的肚子上，仿佛要保护肚子里的孩子不受穿白大褂的凶手的伤害。她的一句话突然浮现在我脑中。就是那天她的丈夫突然撞见我们在床上缠绵然后默默离开，留下我们不知所措的时候她说的那句话。“这是个会自杀的人。”她一边说一边拾起她的衣服。自杀？但是在暴死的情况下，难道自杀不正是紧随在意外事故和谋杀之后的第三种可能吗？

我每天关注报纸挖掘出的博尔特事件，泰蕾丝这个被媒体抹黑的人物离最终审判越来越近，而且很可能要被处以重刑。然而就在这时，一段回忆突然在我心中搅动，仿佛想要从被淹没的遗忘中挣脱出来。那封信。在我离开阿朗松之后，博尔特写给我的信。当时，因为恼怒于没有发现那张我一直期待着的支票，用来偿还我借给他们夫妻的钱的支票，我只是快速地翻阅了一遍那封我几乎看不清的信，上面写满密密麻麻的字。去死吧，这个满嘴废话的骗子！我想要的不是长篇大论！现在当我仔细回想起这封信的内容，只有两个词出现在我的记忆中：自杀和复仇。是的，整封信所讲的就是这些，只有这些。至于其他的……当时天已经暗了。但是自杀和复仇，正是这两个词，很有可能会揭开博尔特离奇死亡的真相。

我把那封信放在哪儿了呢？这并不是个没有意义的疑问，因为我总有办法保存下所有的东西，尤其是信件，即使是最不重要的信。唉，可惜我这个保留所有东西的习惯却偏偏没能和收拾妥当挂上钩，我的文档在一些不规则的盒子里越积越多，以至于在多次搬家的过程中，它们被东一个西一个地到处乱放。

我开始寻找。随着时间一点一点过去，找到它的希望逐渐渺茫，但是我不断说服自己，这是一个足以解开谋杀案之谜的至关重要的东西。就这样，我度过了一段狂躁难耐的日子，有时甚至冲着自己发火。最让人沮丧的是，我终日沉浸在一堆旧文件、书信和过期多时以致完全看不懂的电文之中：那么多灰尘，那么多被遗忘的回忆，那么多没有实现的计划，那么多逝去的爱情啊！这就像是我亲手从坟墓中挖掘出我年轻时代的尸体来细细探究。如果说有时他幼稚得让人可怜，那么我必须承认他自己也不总是那么感觉良好。终于，我发出一声胜利的咆哮。在一本开头后被放弃、接着一度重拾、最终被彻底遗忘的小说手稿中，我发现了博尔特写的那封信。读着这封排满博尔特那只有用显微镜才能看清的字的信，我对自己说，这个真实的文件本身就是一篇小说，甚至比任何一本我能杜撰出来的小说都要感人一千倍，或许这就是一个非小说家的经典看法。但在今天看来，这还有什么关系呢?

亲爱的年轻同僚：

我们之间的年龄差距是我写这封信的唯一原因。我不会给泰蕾丝与我年纪相仿的情人写信。您至少，您的年龄都可以做我的儿子了，虽然还没到做泰蕾丝的儿子的份儿上。这至少减轻了我对您的不满，因为对其他人：泰蕾丝，我的母亲、父亲，甚至整个生活，我可以指责的地方数都数不清。

如您所见，我是一个懦弱又倒霉的男人。我是倒着出生的，奋力反抗着那些野蛮粗暴地想要把我拽到世上的人们。我的生存意志从来没有坚定过，只是急切地等待重回虚无，再也不离开。泰斯特先生曾带着一种唯美主义者欣然的无所谓态度说："主啊，我生活在永无止境地空旷安静的虚无世界。对这样的状态我感到非常不适，多么希望我能被下放到与之截然不同的狂欢世界中去啊。"但对我而言，从来就没有所谓的不同寻常的狂欢，更确切地说，那是不幸的滑稽。我不会跟你谈我体弱多病受尽屈辱的童年，从幼儿园起，那些体育活动课对我来说就是个折磨人的地方。可笑的是，当我成了老师，我就再也没法摆脱它们了。当然这不是出于爱好，我的天哪，当然不是！倒不如说这是出于无可奈何，我想说的是由于我不能胜任其他工作，冒险在另一个非学术的领域从业显然不切实际。我参加教师资格会考失败了很多次，最后终于被学术委员会接受——从某种程度上来说，他们接受我是由于我长年赶考的资历——取得了文学教师资格中最蹩脚的语法教师资格。让我带一些低年级的班级至少可以使我免受处于青春期的青少年的折磨。其实这样的折磨我只经历过一次，那是一段代课的日子，我遭遇了他们极为恶毒的攻击和挑衅。一个初四①的班级给我留下异常恐怖的回忆，尽管我只带了他们一学期。每晚当我精疲力竭地回到家中，他们喧哗的声音依然在我耳边嗡嗡作响，想到第二天又要回到那肮脏的地方，我就感到惊慌失措，心里强烈地不安。我写下这些供您参考，万一您需要继续在这个职业上奋斗：我觉得一个老师在面对二三十个十四到十七岁的男孩女孩时，只有一种可能让自己被接受，并且在他们中间站稳脚跟，那就是通过某种方式，参与到他们这个年纪特有的叛逆活动中。或许可以通过带有煽动性的勾结串通达到这个目的。但在这一特殊方面，也有一些更为彻底的成功，这意味着和女孩们在一起时带些挑逗，和男孩们在一起时则夹杂很大比重的同性恋色彩。重要的是对他们来说，作为成年人，你要成为他们无可替代的性咨询师，因为他们在任何其他地方都找不到这样的人，在他们的父母那儿当然也不会。我在这方面完全不行。面对我的那些初四学生，我们之间只有毫不犹豫地互相否定。幸运的是，等到再次开学时，我又找回那帮初一的小朋友，重新投入到他们的单纯天真中去。

---

① 根据法国教育体制，小学学制5年，初中4年，高中3年。

我和泰蕾丝的关系就是它们本来的样子。我只是一个工具，她嫁给我是因为我让她变得更体面。她的父母看到她成为一名公务员兼学者的太太，都赞叹不绝。同样，她也对那些在她看来属于更高社会阶层的人有一种天真的倾慕之情。这也就解释了那个一直困扰着我却始终没能解开谜团的奇怪现象。正如您可能注意到的，我很自然地用“你”来称呼她。可是不管我怎样恳求，她一直没停止过称呼我“您”。在这一点上她有意无意地强调着我们之间社会身份地位的差别以及年龄的差距——十一岁，其实这差距也不是特别地大。但我从来没有真正年轻过，而她，青春的光芒从她整个身体，她所有的动作，以及她的嘴唇，尤其她的眼睛中散发出来。泰蕾丝啊！我是多么地爱你！热烈地，痛苦地爱着。当她在别人面前表现得无比镇定自信时，相较之下，我看起来是多么的笨拙可笑而软弱啊！尽管并不是故意的，但从她身体里流露出的每一个词，每一个动作，都在中伤我，杀害我，让我滴血。有一天，她给了我致命的一击，是的，尽管这涉及一个我也不能预言哪天会发生的延时的死亡。当时我们还是新婚，如果这个说法适用于我们俩这个奇怪的夫妻组合的话。我也记不清我们可以要个孩子的话头是从哪儿挑起来的。她突然停下一动不动，怔怔地盯着我，仿佛之前我们从未见过。“一个孩子？您的？”她上上下下打量着我。在她的注视中有一种深深的鄙视，我再也承受不住这样的目光，不得不站起身来走开。

孩子和生活，生活的追求，甚至生存，这是一些相似的概念。在我心中，孩子的降临，就是——如同我对泰蕾丝的爱一样——把我从长久以来萦绕在脑际的自杀念头中拯救出来的锚，让我可以安定下来。可是这个通往救赎的大门就这样突然被关上了。接着泰蕾丝的第一个“出轨”把我推向了更深的迷茫。如果当时不是一股奇怪的黑暗力量在我体内滋生，给我的生活带来一种新的欲望的话，或许我早就沉沦了。哦，一种苦涩的滋味，但却极为强烈，足以让我规划未来的人生：我刚刚揭开了嫉妒和复仇的渴望的面纱，它们不可分离，就像出自同一颗心脏的行动和激情一样。是的，我被欺骗了，嘲弄了，伤害了，但我要报复，而为了报复我应该好好活着。

但是我要怎么报复，报复谁呢？我难以治愈的创伤源自泰蕾丝拒绝为我生一个孩子。显然孩子这个念头组成了我报复想法的中心。这确实不够新颖，我承认。如果说传统社会惩罚通奸妇女的行为异常残忍，那是因为他们考虑到这会牵连孩子的身份问题。或许我也有传统的敏感。我决不会接受，您也绝不可能听到泰蕾丝怀上别人孩子的消息。我原谅您，是因为你们断断续续的结合并没有留下任何新生命的痕迹。但您看，如果是另一番情景的话，我的绝望就该让您和泰蕾丝害怕了。她知道这些，所以非常小心谨慎，采取一切必要措施。但是她的生育能力比一般女性更强。如果哪一天她没让这能力浪费，我就会杀死自己。但请相信我，我不会一个人走的。我的尸体将会带走泰蕾丝、她的情人，以及他们私通的恶果，就像拴在他们脖子上的石头一样。

这几句话还算清楚吧？它们够不够用来证明事实是博尔特自杀，并且制造出所有假象使自己的死看起来像是一场谋杀？只需要提供最后一项证据来证实了。

我与那两位被报纸称为“狠毒的奸夫淫妇”的被告的律师联系。我向他转述了博尔特这封信上的内容。他立即安排人给泰蕾丝做了身体检查，并很快证实她真的怀孕了。她对博尔特供认自己怀孕的事实，完全没有意料到在这样做的同时，她也按下了那个会带来一连串灾难的红色按钮。博尔特以为在自己自杀的同时，他还能一举多得地进行报复。只不过他完全遗忘了一封十五年前写给年轻同僚的信，那里面把他的想法描写得太过详细。智者千虑，必有一失。聪明人总是这样，他们对说话和写作的过度偏好常常会干扰到他们哪怕最精心安排的计划。

对泰蕾丝的指控被撤销了，和哈里·品克重获自由后，她想到的第一件事就是给我打电话，对我表示感谢。确实他们欠我一个很大的人情！尽管如此，当她在毫无意识的情况下邀请我一同去畅饮香槟，庆祝这件好事时，我拒绝了。作为折衷我提出或许可以做她孩子的干爹，假如一年后她还记得我。她欣然接受。但从此以后，我就再也没有了她的消息。

蒙特的纪念日

我的出版商对我说："不离开巴黎的话您就永远也别想完成您的手稿了。我在蒙特靠近卡庞特拉的地方有一栋非常理想的小房子，带院子和泳池。那里没有人认识您。您可以在那儿彻底让自己清静，舒舒服服地当一个隐士。如果您明白我的意思。假如您听明白了，直到《复仇》能够印刷出版之前都请待在那儿不要回来。"这是因为在此之前，我曾向他描述了我下一部侦探小说的大致情节，一个跨越一生的复仇故事。这个故事将两位主人公的命运紧密联系在一起，他们由于最初发生的一件事情沦为命运的囚徒，一个在复仇使命的迫切催促下蓄势待发伺机而动；另一个知道自己在劫难逃，却像所有人等待着死神造访一样——但他知道它所为何来——顺从地等着那一刻。我认为这样的情节应该发生在外省，甚至在农村，一群平日里深居简出却又互相熟识的村民之间，而且仇恨的前因和衍生的报复应该是众所周知的。所有人都知道，所有人都在等待。这样的开诚布公让复仇显得像是宿命一样在所难免。

这就是大致情节——我已经竭尽所能，在出版商面前掩盖它的不足，免得让这个圣热尔曼德普雷区的人失望，并影响到他对我进步的期待——我带着这期待在七月一个美丽的早晨坐上了开往阿维尼翁的火车。从那里，乘坐一辆客车，不用一小时就可以到达蒙特，一个离卡庞特拉不远的地方。这栋房子符合出版商之前向我描述的所有细节。像普罗旺斯很多的老房子一样，这栋房子朝外敞开的门窗为数不多，因为根据传统，当地居民把阳光和风看成是可怕的灾害。然而，房屋的院子——在普罗旺斯建筑中有名的，像微型隐修院的内院里却种着一种独特的茉莉花，让人禁不住想要在里面独自漫步、沉思。西多尼，一个嗓门洪亮的农妇每天过来两次，负责收拾屋子并为我补充供给，包括我的食物等生活必需品。除此之外，她还是我与这个陌生的镇子不可或缺的“中介”，因为似乎打从第一晚起，出版商向我吹嘘的这栋房子彻底的安静只不过是一个假象。

经过漫长的旅途，我有些疲倦了，打算早点休息。然而，就在我刚刚躺上我那张柔软舒适、引人睡意的床单，一连串巨大的爆竹声便震得整个房子晃动起来，同时，窗外一片明亮，把屋里照得如同白昼一般。我自然是从床上一跃而起，径直走到平台上欣赏这场我有史以来见过的最美的烟花。天女散花、空中瀑布、流星火焰、以及银龙升空，所有这些持续了整整一刻钟，当晚的夜空被点燃。

我想知道这隆重的焰火是为何而放，但回房后翻阅备忘录也没什么收获。这一天是七月二十五日，圣安娜日，难道她对蒙特的居民有什么特殊意义，以至于人们要为她献上如此绚烂夺目的礼物，向她致敬？

第二天，西多尼一大早就过来点亮了屋里的灯。但是，她看起来似乎对昨晚那场如此惊艳的烟花毫不在意，这让我有些不解。虽然她也住在这附近，但显然她什么都没有注意到。我惊得呆住了。后来我才知道这些烟花在蒙特有多常见，居民们根本都懒得留意它。这个市镇最大的企业是一家叫胡杰瑞的烟花工厂，在二百米开外它拥有一个没有遮板的平台，应远途而来稍作停留的客人要求，工厂会在那里展示他们的产品。所以这些烟花只是些给外地人看的东西，没有哪个本地人会屈尊为它腾出哪怕一丁点儿时间。

或许没有一个蒙特人愿意吧，但却不包括我。作为一个从巴黎来客兼小说家，这个特别的工厂引起了我强烈的兴趣。于是我想尽各种办法，终于得到一次与工厂经理见面的机会。我向他介绍自己是一个来自巴黎的作家，想要为正在构思的一部小说搜集一些关于烟花工厂的资料，尤其是胡杰瑞这家公司。的确，当我来到这里时，除了这座烟花工厂，一切都和我之前在小说中构思的相差无几。然而，小说初稿就像是生长在露天的植物，透过深入地底的根茎，吸取土地能够给予它的所有养分。我隐约感觉到，这座烟花工厂开始逐渐融入我的侦探小说里。

卡勃里尼先生殷勤地接待了我，作为一名专业人士，像我这样来自巴黎对烟花一窍不通的城里人向他虚心求教让他感到非常满足。话说回来，他对烟花的了解如此全面透彻，仿佛一时间，他自己变成了烟花。我遇到过不止一次这种完全沉醉在自己的职业领域的人，像猪油里雕塑出的猪肉商，由土地和粪肥揉捏而成的农民，类似保险箱的银行家，以及笑如马嘶的骑士。卡勃里尼的双手仿佛随时可以燃烧起来，幻化出仙女散花、火焰瀑布或者旋转流星。他的眼睛一刻不停地闪烁着，像是被某种仙境般的烟花迷住了。

“多么奇特而美妙的手工业啊！”他欢呼道，“而原材料则是炸药。是的，先生，在这里我们会把一些易爆物混合在一起。我一直很喜欢这个词：爆炸。它的里面蕴含着雷鸣和震撼。在这一爆炸过程中，我们会进行操控，不管是在空间上移动它，还是在时间上推迟它。我们配制出一种可以爆炸的混合物，但是它并不会立即当场爆炸，而是在另一个地方，迟一些再爆炸。比如说在巴黎，七月十四日前夕。但这还不是全部。除了这种空间上和时间上的外部转移，烟花自身的内部也需要这种延时结构：在天空中烟花有它自己的轨迹，为了实现在最佳爆炸轨迹上持续地绽放，它的爆炸需要延迟至好几秒后。您看，先生，整个烟花工厂归结到最后，就是一场与“现时现地”的抗争。延迟和绽放，这就是烟花艺术最基本的要求。”

他领我走出办公室，参观了一圈这个布满了由轻质材料建成的小房间的神奇领地。

“‘现时现地’的爆炸，当下，就在这里，”他接着说，“那不是烟花，而是一起意外事故，一场灾难。不过如果它真的不幸地发生了，我们也已经尽自己最大的努力做足准备来限制它可能带来的后果。看看这些作坊吧，即使最小的爆炸也会使它们碎片横飞。而且正如您观察到的，每一组工作人员的数量都被缩减到最少：两个人，绝不超过。您身上没有火柴和打火机吧？”

“没有，我不抽烟。”

“对不起，这是我们的黄金准则，就像苦修院要求保持缄默一样。”

他推开一扇门，于是我们走进其中一间作坊。里面摆着一些装满各种粉末的大金属盒子，几捆纸板做成的管子，两三罐胶水，以及几卷纸。两个穿着灰色衬衫的男人面对面坐在一张桌子前，专心地做着全世界最不严肃的一项工作：在一些状似小勺子的剂量工具的帮助下，他们往一头已被塞紧的管子里，按照显然既定的顺序倒入少量粉末。一勺灰色粉末，一块纸板垫片，一勺绿色粉末，一块垫片，一勺黑色粉末，如此往复。

卡勃里尼在这间屋子里像身处兽群的驯兽师一样优雅从容地踱着步。他打开一个圆柱形的容器，一种白色粉末在他指间流过，他说："锶盐：紫红色火焰。"接着他的手转入另一个器皿："铁屑：白炽的花朵。"在手指触碰到另一些密封的罐子时，他又说："锌：蓝色火焰。硝：金色泪珠。薄片云母：金色火光。钡盐：耀眼绿色。碳酸铜：青绿色火焰。胶磷矿：橙色火焰。硫化砷：耀眼白色。"然后，他走过来坐到我身边，玩起一个空的烟花管。

"正如您所见，它的底部被一个压紧的口子堵住了。在那一层面的内部的粉末是一种做引信用的缓燃成分，它从小孔中释放出压缩气体，使烟火筒做上升运动。在这个缓燃成分的上面，会放置追击层。那是些细小的易燃粉末，在到达轨迹顶点时，它爆炸带来的冲击会释放出烟花管内部的填充物。而这填充物，正是烟花璀璨夺目的基础。那里面有星光熠熠，有电光火石，有烟花乱舞，还有丝丝金线。但我还要向您揭露一个秘密，如果说烟花和我刚刚描述给您听的完全一模一样的话，它是不会绽放的，它不会升到空中，甚至都不能离开地面。是的，先生，这就是这个家伙最不可思议的神秘之处了。请牢记：就像女人和小提琴一样，烟花也拥有自己的灵魂。如果没有这灵魂的话，它就会失去光辉，被钉在原地。那么烟花的灵魂到底是什么呢？我没办法把它拿出来给您看，没有人会把灵魂拿出来给别人看的。烟花的灵魂，只不过是在烟花管中心精心设置的一块空隙，形如截锥。在烟花点燃、燃烧和爆炸的过程中，这块空隙能发挥什么作用？没有人知道。有多少个研究烟花制造的物理学家，就有多少种解释。但事实就是这样：在烟花的最深处如果没有这块锥形空隙的话，烟花就只是个没有活力的东西。”

卡勃里尼把这个空心烟花管放在桌上，带着一种讽刺的优越感对我笑了笑。

“我告诉过您，”他接着说，“我们的混合物所带来的爆炸应该能在时间上延迟，在空间上移动。这里有一个词对我们来说必不可少，甚至支配着我们整个行业。这个词就是：纪念。烟花从本质上来讲是具有纪念性的。每个国家都有自己的国庆节，来纪念一个被认为具有象征意义的奠基性事件。我们每年七月十四日就是法国国庆节，纪念攻占巴士底狱。而七月二十一日，则轮到比利时，纪念一八三一年利奥波德一世登基。紧接着第二天，波兰人庆祝一九四四年卢布林政府宣布独立。八月一日，瑞士纪念一二九一年联邦成立。九月六日，又轮到联邦德国庆祝，因为在一九四九年的那天德国联邦议会第一次联合起来。我还能给您列举出日历上所有国家的国庆节。这是我们维持生计的工具啊，我还能怎么办呢！那些规规矩矩按照传统放烟花的节日越来越少了。现在，就连贵族的婚礼上都没有了锣鼓和号角，就像是他们觉得拘谨甚至羞愧似的。啊，再也没有从前那样豪华的排场了，亲爱的先生！人们害怕引人注目，害怕显得漂亮、有钱、幸福。世界裹上了风帽……”

在看着他演说的同时，另外两名工人彻底的漠然让我分心，他们继续进行自己的小实验，仿佛对我们的存在视而不见，充耳不闻。他们看起来似乎在和这些纸管、小棍子以及装满各种颜色的粉末的罐子玩，一项不那么认真的工作，或者总的来说是一种娱乐。然而烟花，不正是无意义的奢侈的标志吗？为了几分钟的快乐而将财富挥霍一空，化为乌有。

“那么安全问题呢？”我出门时问道，“你们不怕出意外吗？”

“意外？从来没有过！在胡杰瑞公司的记忆中，我们没有哀悼过任何一次爆炸事件。我们采取了所有必要的谨慎措施。在我们的安全部署中没有一丝漏洞。除非是……不知情的蓄意破坏，一种计划好的自杀……那我怎么会知道呢？”

我走在这个小镇的路上，激动地思考着。火药真的是中国人发明的吗？但他们从来没有想过用它来杀人。只有西方人才会产生用它来制造火器这种邪恶的想法吧。我仿佛看到了弗赖堡德国修士贝特霍尔德·施瓦茨的纪念碑，那个本可以在十四世纪结束炮用火药历史的人。一个修士……德国人……叫诺瓦尔①……所有这一切难

① 原文为 Noir，法语原意为黑暗。

道没有一丝讽刺意味吗？

我欺骗了出版商，假装在接下来的日子里工作得很卖力。但其实我所有的注意力都被楼下那个滚球场吸引了。在那里，每日每夜，梧桐树下都会聚集一群表面吵吵闹闹但骨子里却相互敬重的人，仿佛在开口头会议。我观察到这些排除女人和小孩的聚会和非洲人的闲谈聚会相差无几。这样的滚球聚会难道不正像一种旨在表现氏族灵魂的长者议会吗？南部的高温让我再也不愿意继续这种关于社会文化的思考，就像不愿意认真开始我的创作一样。我那出版商的想法是多么荒唐可笑啊，在大夏天里把我送到这里来写作！我午睡的时间越来越长，直到下午接近傍晚才起得来，而且我觉得要不了多久，我可能要费尽力气才能在第一场球赛以及赛前开胃酒之前起床。一场突如其来的事件打断了这不幸的演变。

一位长着一颗古罗马皇帝脑袋的令人尊敬的长者指向一堆聚集在目标球周围的滚球。

“这将会是一场厮杀。”我的邻居重重地摇了摇头，咕哝着说。

一颗滚球飞起来，朝向目标球的方向画出一道优雅的轨迹，但就在它撞上聚集在一起的另一些滚球时，突然爆发出一阵雷鸣般的响声，连空气都被震动了，无数原本在梧桐树上栖息的麻雀四处窜逃。接着，在胡杰瑞工厂那边，整个天空被烧得通红。又一次烟花表演，但十分混乱、疯狂，仿佛一场激烈的混战，隐约能看到花火瀑布、万花筒焰火、风车侧翼炮、轮转焰火球、旋转流星，所有一切沉浸在一片地狱般的混乱中。“现时现地”。卡勃里尼的这个说法突然出现在我脑中：现场立即的爆炸，在时间上没有延迟，在空间上没有移动，永远不会发生的灾难。

一些人已经朝工厂的方向跑去。车辆也停了下来。大家走出家门。甚至有一些商人关了自己的店铺。这些本地人，尽管早已习惯了胡杰瑞的烟花表演，以至于连最劈哩啪啦的响声都毫不在意，却仿佛瞬间明白，这次并不是一次无害的产品展示。更何况，由于所有的工人都来自当地，整个城市被笼罩在一片恐慌中。

我随着人流往那边走。警察们努力将人群控制在工厂边界外。再也没有耀眼的焰火，也没有闪烁的亮光，只剩下刺鼻的滚滚浓烟萦绕在铅色的倒影上。一些消防员来来去去，人们汇集在担架周围，使伤员很难撤离。我寻找着卡勃里尼的眼睛。他还愿意和我说话吗？他该不会觉得我这个外地人对他的工厂而言，是一个带给他们厄运的家伙吧？最终我回到自己的房子里，被这种本来与我无关却偏被我刻意搅在一起的感觉纠缠着。

第二天，西多尼给我带来最初的消息。这次事故中有两名死者，他们的作坊就是爆炸发生地。另外大约有十几名伤者，其中一名严重烧伤。所有人都不知道这场灾难发生的原因。之前卡勃里尼告诉过我，像这样的事情是不可能发生的。然而它还是发生了。尽管损毁的地方很快就能修好，但工厂还是临时关闭了。我得知两名死者的身份：吉勒·热尔布瓦和安吉·科赫维。前者五十二岁，是三个孩子的父亲；后者四十岁，至今单身。两个人都是本地人。他们的照片出现在报纸的头版，和卡勃里尼的放在一起，后者反复强调说在他的工厂任何事故都是不可能发生的，所以……所以……除了他那堆混乱的声明，留给读者的就是照片上这两张脸了。其中一张显得笨拙，顽固，昏昏沉沉，已经有些臃肿；另一个却尖嘴猴腮，惴惴不安，让人不可捉摸。他们俩知道发生了什么吗，抑或是还没反应过来就已经在惊讶中死去了呢？我大概还记得在我参观时，卡勃里尼说的话。不可能发生的意外……除非是蓄意行为或自杀……可笑！怎么可能在这种情形下设计一个犯罪行为或是自杀呢？我继续端详着这两张印刷得不太清楚的照片。我从中再一次看到参观的那天，在卡勃里尼高谈阔论时，沉浸在自己可笑的实验中的那两名工人。这个热尔布瓦和科赫维是多么奇怪的一对啊！我突然想要到报社去看看照片的原件。

晚上，我去广场的咖啡馆喝一杯。小咖啡馆里的客人都在谈论着，可惜我这个北方人听不太懂他们用普罗旺斯方言说些什么。但这些人看起来似乎私下里都认识这两名死者，因为他们提到“那个热尔布瓦”和“那个科赫维”。有些人甚至说“小科赫维”，非常生动形象，与我印象中那张消瘦苦闷的脸完全吻合。“太不走运了，这件事情可以说他太不走运了。自从他接连不断遇到那些小事故后，迟早有一天会这样收场的。”一个男人做出这样的断言，聆听他讲话的一小撮人发出赞同的声音。但他说的是谁呢？是热尔布瓦还是科赫维呢？我急切地想要问他，但是我又不敢贸然带着我巴黎人的面孔和“刺耳的巴黎口音”加入他们的对话。就像前一天在事故发生地那样，我总觉得自己如果那样做的话会显得很鲁莽冒昧。我带着对自己以及对别人的不满离开了。

第二天，我向西多尼打听那两名死者。我并没有从她那里得到更多的细节，除了科赫维是个“不中用的家伙”，各种行当全都干过，独自住在村头一个废弃的旅行拖车里。相反地，她倒是很尊重热尔布瓦，一个规规矩矩的一家之长，他的妻子是个“好姑娘”。我并没有从中得到更多线索。

后来有一天，当我走在路上时，我突然看到在一面很普通的玻璃橱窗上陈列着《自由的多菲内》日报的一些页面。那是这家日报当地的一间办事处。我走了进去，向里面的人自我介绍，说是一个来自巴黎的作家，到这里来是想写一个关于普罗旺斯的故事。总的来说这些还算是事实。胡杰瑞的严重事故让我很感兴趣，尤其是两名受害者的个人资料。于是，编辑部秘书为我拿出厚厚一沓关于这次刚发生的事件的档案资料。里面有一张科赫维住的拖车的照片，但他告诉我，这辆拖车已经被清理走了。科赫维的履历表提到，他是一位叫科赫维的小姐的私生子，那位小姐在他还只有十几岁的时候就去世了。假如不算中间穿插的一些离家出走又被人用武力抓回来关禁闭的插曲，他算是在阿维尼翁的公共救济事业局长大的，直到他被派到阿尔及利亚服兵役。接下来就是他干过的一些小行当了——采摘橄榄，剪羊毛，采集薰衣草，修理汽车，砖瓦匠，开山挖河，等等——其间交替着一些无业阶段以及因犯一些小事而被关进监狱的短暂停留。我记录下这个生活在社会边缘的卑贱者的生平事迹。至于热尔布瓦，除了他的地址，我还了解到一些事情，似乎可以解释他后来所发生的不幸——显然那天咖啡馆里的人暗示的就是他。这个安分的男人看起来注定要遇到工作事故：一九五五年，在一个廉租房的建筑工地上，一个被起重机往上吊着的装满瓦片的货箱突然脱钩，砸碎了他的肩膀；一九五八年，在开凿佩尔讷莱方丹的公路隧道时，他因煤矿爆炸而受伤；一九六三年，在戈尔德的一段下坡路上，他被一辆超速行驶的卡车撞倒；第二年，在修剪梧桐树时，切割机的一条链子断开，弹了起来，撕破他的脸；一九六七年，在翻修 542 国道的工地上，一个装着融化的沥青的木桶打翻，烧伤了他的脚；一九七〇年，他的眼睛被喷出的硫酸铜射中，这原本是喷洒在葡萄上的。显然在卡勃里尼把热尔布瓦招进自己工厂的时候他对这一系列的不幸一无所知。我想到每当迷信的马扎然①要为推荐的候选人考虑职位时，从不忘问的那个著名问题：“他幸福吗？”其实就是问：他走运吗？

就这么过了一个星期，报社把热尔布瓦的地址转交给我，于是我就依照地址去了一趟他家。阿德里安娜在那栋陷入混乱的房子里接待了我，她看起来并不太惊讶。自从吉勒去世之后，她一直生活在一种哀痛吊唁的氛围中，仿佛被丈夫的去世压垮了，变得浑浑噩噩。从我来到她家起，她就开始絮絮叨叨地赞扬这位死去的人，他大部分的光荣事迹都处于占领时期②和解放时期。在一九四四年八月，吉勒本可以成为索尔格游击队的大英雄以及解放运动和肃清运动③的组织者。在好几周里，他本可以作为起义首领统治蒙特及其周边地区。啊，叛徒们和附敌分子一听到他的名字，是多么闻风丧胆啊！阿德里安娜讲的这些都是她听说的，因为她一九四〇年才出生，但吉勒的英雄事迹确实被记录在蒙特的历史里。那接着呢，然后？这些有什么用？他的英雄事迹给他带来什么好处？什么也没有，哪怕是一块奖牌！她哀叹道。

---

① 马扎然：全名尤勒·马扎然，法国外交家、政治家，法国国王路易十四时期的宰相及枢机主教。

② 占领时期：指 1940—1944 年德国对法国的占领。

③ 肃清运动：指 1944 年法国解放时对法奸的肃清。

我提到安吉·科赫维这个名字。她惊呼："安吉和吉勒？他们是全世界最要好的朋友了，先生。可以说他们对于对方是不可或缺的。您看，吉勒就像小科赫维的大哥哥，甚至某种程度上像是他从没见过的父亲。如果您明白我的意思的话。只要吉勒到什么地方去工作，我们就能看到安吉紧随其后，非让人把他也招进去不可。因为他们总在一起工作，所以就算是在同一场意外中同时死去了也没什么好奇怪的。"

最后几句话使我颇感意外。所以说他们除了在胡杰瑞之外，还在其他地方一起工作过？

"当然了，先生。当他们找不到其他活儿干的时候，他们在廉租房工地上做过泥瓦匠，在建造或翻修道路的地方挖过土，做过修剪工和农活。这是自然的，在其他方面资历不如人的时候，什么活儿你都得干！"

阿德里安娜似乎故意省略了吉勒遭遇的接二连三的意外。我也没再提起这些事情。

晚上，我又来到《多菲内》的办事处找编辑部秘书，想要得到更多补充信息。八月底即将到来的更炎热的天气让他精疲力竭，对他来说，胡杰瑞的重大事故已经结束被归档，搁置到存档文件里去了。我承认，我不知道自己还在期待什么。让我困惑不解的是，这一对奇怪的组合，接二连三的意外，以及工厂发生的致命爆炸的谜团。

在这间办事处逗留期间，我的目光突然落到摆放在一块绿色板子上的《自由的多菲内》第一期的第一页上：第一兵团坦克开进城市，欢腾的人群，被法国内地军①收监的最后一批德军。日期：一九四四年八月十一日。“瞧！八月十一日，我想这正好和胡杰瑞公司的事故是同一天。”看到我正在辨读下面的文章，秘书插话道：“写这篇文章的文森·布尔很早以前就退休了，但他现在依然手脚灵便，而且没有人比他更了解蒙特在战争时期以及战后的情况了。如果您想要去找他咨询一些事情，我可以转达。”我急忙答应。接着，在一个短暂的电话过后，他和布尔约好我第二天正午时分去拜访他。

他住在靠近火车站的一栋很大的建筑里，这里本应该是一个车间或者仓库。里面极为阴暗脏乱，不过倒也非常宽敞。布尔人如其名：一头老棕熊，性情开朗而粗暴。他讲起话来滔滔不绝，带着一口浓厚的南方口音，以至于我常常需要让他重复说过的话。显然，这是个资料收集狂。他一边在成堆的文件和成打的报纸间踱步一边解释道：“幸运的是，我这里不缺地方。但您看，我最重要的文件都

① 法国内地军：指第二次世界大战期间，法国国内反法西斯地下抵抗组织的联合武装力量。

储存在这儿了！”他用手掌拍了拍额头。“如果我死了的话，对这儿的历史记录工作将是多大的损失啊！哈哈哈，”他对自己将在濒死之时向蒙特老乡们开的玩笑十分得意，“您看，我出生于一九一八年，所以我的日子过得还算舒坦。当然这让我错过了第一次世界大战，尤其是……我参加过战争的父亲总是把它挂在嘴边。我从他那儿听说了许多关于凡尔登战役和贵妇小径战役①的故事，以至于到最后我觉得自己曾经亲身经历过！啊，比如说人民战线，西班牙之战，希特勒和墨索里尼，以及那场奇怪的战争②。至于占领时期和光复解放，那时候我确实在，是的，甚至处于看得最清楚的位置。作为记者嘛，这是当然的啦！随后我就看到报社来了很多年轻人，我只能同情地对他们笑一笑。可怜的家伙们！他们在所有轰轰烈烈的大事都结束的时候来了。因为您也注意到了吧，嗯？之后再也没有发生过什么！自从解放以后，世界就风平浪静。除了在印度支那和阿尔及利亚发生的一些微不足道的小摩擦，先生，一些遥远的小冲突！然后呢，没有了，什么都没有了。出于好意，人们继续让我从事新闻工作。但有多少次清晨，在三十秒内浏览完一份报纸

① 贵妇小径战役：贵妇小径原是法国国王路易十五设计给他的女儿们作娱乐之用，在第一次世界大战期间，它重要的战略位置导致对其控制权的反复争夺。贵妇小径战役是西线战场的著名战役。

② 奇怪的战争：指英法在1939年9月至1940年5月期间对德宣而不战的“战争”。

后，我对自己说：‘可怜的家伙！如果你还老实的话，你就不应该印刷这份报纸！你可以在橱窗上张贴一个告示：从昨天起什么都没有发生，所以今天没有报纸！’啊，瞧，我非常高兴自己终于解脱出来了。我又可以重新陷入那些曾经经历过的辉煌岁月。这是真的，千真万确！有时候邻居过来看我，他对我说：‘怎么样？有什么新闻吗？’我回道：‘由弗里德里希·保卢斯指挥的第六兵团在斯大林格勒投降了。’他说：‘唉，可怜哪，你就不能偶尔变得再糊涂点儿？’在此之前，我曾经跟他说：‘日本人刚刚击沉了美国在太平洋珍珠港的舰队。’或者是：‘意大利人把墨索里尼的尸体用钩子挂在屠宰场上了。’啊，人们永远不会对我的时代感到厌倦！”

我很难打断他的鸿篇大论。终于，我逮到机会插上话：“是的，但其实现在，就在蒙特，发生了一件轰动的大事。您看胡杰瑞公司发生的重大事故。”他吓了一跳。

“胡杰瑞工厂？好吧，至于那个，可就完全不一样了。自童年起，我就等待着这个企业发生些什么。我早就知道迟早有这么一天。我跟自己说：‘灾难在酝酿着，酝酿着，但什么时候爆发呢？’好吧，现在它终于爆发了！但还是花了一些时间。”

“昨天我去看望了吉勒·热尔布瓦的妻子和孩子们。您认识他吗？”

“我当然认识啦！索尔格法国内地军的统领。一个厉害的角色，瞧！”

他站起身来，走向一堆报纸，开始翻阅它们。

“快找到了，快找到了。吉勒，就是他，还有他的抗德游击队员们，人们向他们热烈欢呼。”

他在我眼前展开一张发黄的旧报纸，上面印着照片和巨大字体的标题。

“您看，他正驱赶着前面的一群德国犯人。他是第一个迎接塔西尼·德拉特尔第一坦克兵团的人。”

“这个呢？这是什么？”

我把手指放在一张照片上，上面是一个身材瘦小，头发被剃光的女人，赤着脚踉踉跄跄地走在一队兴奋的男人中间。

“这个？好吧，这是小科赫维，没错！”

“小科赫维？”

“是的，一个可怜的姑娘，和她的孩子住在村口一辆拖车里。她靠一些小手艺挣钱，但实际上她还跟男人睡觉。她是蒙特的荡妇。可以说村里所有的男人都跟她睡过。那么，自然了，当那些德国兵到这儿来的时候，他们也去她那儿了。接着就轮到美国人。不过您明白这是怎么回事儿。没有这些被剃光头的女人，就没有真正的解放。因为小科赫维，她和德国人睡过觉，所以吉勒和他的士兵们，他们就抓住她，把她捆在市集广场的一张椅子上，接着他们把她的头发剃光。所有人都嘲笑她，笑啊笑……”

“那接着呢？”

“啊，这个，您看，如果照我的意思的话，到这里就够了。解放，那是一个节日，一个美好的节日。不应该这样去玷污这一天。只不过在树林里，曾经有一个抵抗运动成员被杀害。于是小科赫维，他们把她的衣服撕扯开，让她脱去鞋子，逼她和他们一起把一束花放到那个人遇难的地方。啊，这真是个惨不忍睹的队伍，我向您发誓！可怜的光头小科赫维身上只有一件玫瑰色的不脱针连衫裤，那些男人们嬉笑打趣着，因为透过衣服能够看到她黑色的阴阜。她赤着脚踉踉跄跄地走在碎石子上，有几次她摔倒了，吉勒就用靴子把她踢起来，强迫她再往前走，这让我反胃。不止我一个人会想：折磨这个可怜的女孩可比和德国人打仗容易多了。只是您也知道，没有人敢开口提出异议！”

“那之后她怎么样了呢？”

“她回去之后，就一直躲在自己的破拖车里。我们再也没见过她。一些好心肠的人或许不时给她带去一些食物吧。您晓得，在普罗旺斯，我们正是在解放之后遭遇了最严重的饥荒。她让她的孩子去沿街乞讨，买些生活必需品。然后有一天，应该是两年之后吧，我们得知她死了。小科赫维她从来没有健康过。再后来，她可怜的孩子就被送到了阿维尼翁孤儿院。”

“您认识那孩子？”

“不，不太认识。他叫安吉，我记得。”

“安吉·科赫维？”

“当然了，因为他是小科赫维的儿子嘛。”

“但这样的话，和吉勒·热尔布瓦一起被炸飞的就是他？”

“啊，很有可能。您看，我没这么联想对比过。但是这有什么值得注意的呢？”

有什么值得注意的？热尔布瓦正是在一九四四年八月十一日虐待折磨小科赫维的人。当时安吉十岁。他和他妈妈两人孤苦伶仃地住在拖车里，我们完全可以想象把这两个不幸的人紧密连结在一起的那种相依相偎的深厚感情。当热尔布瓦和他的手下们折磨小科赫维，扒下她的衣服，把她带到死去的游击队员被埋葬的地方时，这个孩子说不定就在围观人群的最前列。三十年之后，又一个八月十一日，他们死了，热尔布瓦和科赫维，在同一场事故中。我现在想起卡勃里尼提过的一个词：纪念日。这个词支配着整个烟花产业。我不知道蒙特的居民如何欢天喜地地纪念一九四四年的解放，但可能有一个人除外。不管怎么说，这个科赫维，仍然是个十分可疑的家伙！

我花了四天时间，终于找到一个能跟我说说他的人。那是阿戴尔·热尔布瓦，吉勒的妹妹，一个老姑娘，女裁缝。阿戴尔的家坐落在一条蜿蜒曲折的小巷里，四周还有一些东倒西歪的小房子，每座房子都附带一个迷你小花园。她对吉勒和安吉的关系做出的评价，与吉勒的寡妇妻子阿德里安娜说的完全不一样。说到底，这个女裁缝显得不那么看重自己的嫂子。

“她是个没什么坏心眼的善良姑娘，先生，但见识不多，几乎是文盲。”

我随即注意到，在她接待我的这间小客厅里，墙壁几乎被排满了书的书架挡住了。

“我哥哥心地太善良才娶了她，都是为了孩子。要不是她，我哥哥应该早就成功了。”

她的话语中总是有所保留。但当我提到安吉这个名字想要碰碰运气时，她终于放下矜持打开了话匣子。

“说一个死人的坏话，我有些顾虑，先生，但是这个小科赫维一直让我感到不安。永远不可能知道他心里在想什么，他总是一副心事重重的样子，沉默，但是又变化无常，让人捉摸不透。我从来没见他笑过。这是一个实实在在的孤僻家伙。”

“他有朋友吗？”

“朋友？没有，没人知道谁算是他的朋友。除了我哥哥，天哪！您要知道，甚至可以说他纠缠着我哥哥。多少次他成功地让自己被招进我哥哥工作的地方！吉勒把他当成一个负担。有一天，我问哥哥，他怕不怕这个莫名其妙的家伙。他古怪地跟我说：‘我更希望他待在我身边，这样至少我可以知道他的小把戏。’您也看到了这一切是怎么结束的。”

“那么他有女人吗？”

“女人？除非是个疯女人才愿意跟他在一起！没有，我们从没听说过，当然他母亲除外。啊，在这一点上倒应该对他刮目相看！他对她真的是非常敬爱。我和教堂执事一起负责照看公墓里一些荒芜的坟墓，我可以告诉您，他一直定期带花来祭拜他母亲。他有自己的时间表。一个十分看重日期的怪人。但是我们不知道这时间表和什么一致。或许是他母亲的生日，她的瞻礼日，她的忌日。至于其他的，仍旧是个谜。但在固定的日期，我们总能看到科赫维来公墓祭拜。”

纪念日。这个卡勃里尼的关键词再一次在我脑海中浮现。我突然有了灵感。

“关于日期……我想起吉勒发生过一些工伤事故。你还记得准确的日期吗？”

“您想知道这些事故都是在哪些时候发生的？这个嘛，我就不能提供给您任何详细资料了。您应该去问阿德里安娜。她那儿有一些他生前的文件。”

两小时之后，我再一次来到吉勒的寡妇家，这一次我知道自己要来找什么。她显然有些惊讶，但还是一头扎进了杂乱地装满各种文件的文件夹中。她从里面找出几页聘用书，一些事故记录，还有疾病档案。将吉勒不幸的一生重现出来完全不是问题，与此同时我却发现，他被切割机的链子撕破脸是在一九六四年八月十一日，在戈尔德一段下坡道被超速的卡车撞倒是在一九六三年八月十一日，被装载着瓦片的装载机砸伤头部是在一九五五年八月十一日。除此之外，我们的调查没有给我带来其他任何信息。吉勒的寡妇头脑非常简单，根本无法看出其中的奥妙，她对这个日期的反复出现完全无动于衷，最终，这让我感到泄气。毕竟，我现在介入算什么呢？我既不是警察，也不是吉勒·热尔布瓦的亲属。说到底，只是身为作家的好奇心驱使罢了。

最后一个文件夹里包含着几封信，是写给阿德里安娜的，这是一堆比其他资料更让人难以理解的文件。我几乎厌恶地翻弄着这些由一段与我毫不相干的历史留下的痕迹，感到一种不可否认的内疚。我把所有信件重新放回原处，就在这时，一个信封让我为之一振，因为上面的地址是用孩子幼稚的字体书写的。信封里面有一张从小学生作业本上撕下来的纸，上面用狗爬般的字体以及拼音的方式写着：

KAN JEU CERÉ GRAN JEU TEU TURÉ①

安吉

一九四四年八月十一日

“这是什么？”阿德里安娜问我。

我把它放了回去。

“没什么。只是个孩子气的东西。”

我打算回头再把整件事情回顾一遍。它依然布满了空白、谜团，以及一些疑点。但我不想继续深入了解更多关于这个爱恨交织最终以烟花谢幕的故事。只是终于，我该动笔写我的侦探小说了，一个用一生书写的复仇故事，在外省的一个小城里，所有人都互相认识……

① 法语读音而非正确拼写的句子，即“等我长大，我要杀了你”。

布莱丁和她的父亲

“我们这些单身汉，不但很容易受伤，而且经常遭到不公平的待遇！”

安瑟伦静静地听了一会儿其他未婚宾客们的抱怨和呼声之后，用不容置辩的语气做出这样的论断。接着他抓起一瓶苹果酒，把所有的杯子都满上，仿佛想要让听众们冷静下来，专心听他讲话。

“我们埋怨税务官的漫天要价，他们对压榨单身汉有一种残忍的偏好。但是，我们自己同样也对此缺少反抗。在一些大企业里，人们想当然地认为没有老婆孩子的单身汉可以被随意调动，被派到这里或那里的外省，哪怕是世界的尽头。作为一个没什么包袱的旅行者，他们出行的开销比已婚人士所需要的要少得多。对于雇佣他们的公司来说，这倒是真的，但对单身汉们来说呢？这就是一场灾难。因为结了婚的人至少拥有一块属于自己的充满人情味的地盘，可以随时带在身边。他的妻子和孩子们，就是一个小小的世界，不管他过得是好是坏，他们都会在每一次迁移中跟着他。单身汉享受温情的地方来自他的父母，同性和异性的朋友们，他熟悉的打猎场、俱乐部，还有沙龙，但这些没有一个能被带走。移居之后，他就必须忍受一种彻头彻尾的孤独。他得花好几年才能再一次建立起他的小圈子，否则就会感到背井离乡，缺乏与社会的联系。”

“对，确实，我们非常容易受伤，而且时刻受到威胁，”他又重复了一遍，“在这之前，我刚刚经历了一件非常古怪的事情。”

接着，他沉默了一小会儿，以便更好地集中我们的注意力。

*

我的住宅既靠近教堂又靠近镇上的公立小学。它的魅力之一在于可以聆听教堂的钟声，另外还有一点，就是学校操场上不时传来遥远又清脆的嬉笑声。这是一个向所有人开放的房子，单身生活的又一大特色。一般只有女人才会关上家的大门，她是家的守护者，一个有些多疑的守护者，总是想要清空她丈夫周围的一切。我们所有人都明白这一点：只要一个朋友结了婚，我们一般有五成机会要失去他。女士们通常希望男人只属于她一个人，而且她们反感自己的另一半在结婚前形成的兄弟圈子。

相反，我的门总是敞开着。一天中会有四次，三三两两的小学生们叽叽喳喳地经过花园大开的栅栏门。有的时候如果天气好，他们还会来我家玩儿。我的花园里种了一些榛树、苹果树、樱桃树，还有一株欧楂树。春天的时候，如果在墙角仔细寻找的话，还能发现一些野草莓。很快地，他们对我摄影师这个奇怪的职业产生了好奇心。作为摄影师要怎样赚钱维生呢？唉，要是我还经营一家卖相机和胶卷的店该多好啊！又或者如果他们能看到我在圣礼、婚礼或者猎人聚会上拍照摄影该多好啊！但是没有，我只是一个“记者”。说到底，他们并不清楚我到底是干什么的。好吧，难道不是吗，这个不算职业的职业，敞开的大门，缺少女主人的房子，所有这些都会引起那些持重的人的鄙视，以及孩子们的好奇。人们冒险来这里探个究竟。他们来家里拜访我，试图了解我。我的房子很快就被勘察了一遍，他们很满意地注意到冷冻柜里储备着一些冰淇淋。我几乎是用填补小鸟食槽和猫饭盆的心态和速度在补充着这些储备品。

尽管学校是男女混合制的，但是闯入我家的几乎都是些小男孩。那些与其说是胆怯不如说是循规蹈矩的小女孩们不太愿意到陌生人家里玩耍。毕竟应该注意到，尽管如今存在一些所谓的“宽容解放”的讨论，风俗习惯依然被保留下来，至少在这一点上，大家都很传统。我希望那些社会学家们能够趁着休假在大城市里做一个调查，分别统计在街上四处游荡的男孩和女孩。我敢肯定，他们会发现男孩的数量是女孩的十倍。

我告诉过一个单身朋友来我家玩的小孩的情况以及其中女孩子稀少的程度，他对我惊呼道："你实在是太走运了！小心那些女孩！千万别碰她们，更别动手动脚！不管那些自以为很开放的人跟你说什么，你还是应该和男孩待在一起。女孩子就是陷阱……骗傻子的圈套，那是一群爱撒谎的家伙，讨厌的小东西。"

考虑到他根深蒂固的悲观心理以及对女人的厌恶，我对此半信半疑。但是在去年仲夏的某一天，当我认识布莱丁时，我又想起了他。

那天，我从一个 4 × 5 英尺的箱子里拿出需要的所有工具——齿轮三脚架、遮光格、电池、测距仪，甚至手电筒，为了在大太阳下拍摄时照亮阴影的地方。我这是为拍摄一对大黄蜂做准备，此时，它们正放肆地玩弄着一束薰衣草花穗。这些影像资料会引起一个半科学性杂志的兴趣，它非常有钱，支付的报酬也挺高。但是这个工作需要极大的耐心，因为很明显，这两个小家伙是不会有一丝合作精神的。几乎其中一只大黄蜂刚进入我的视准仪，我瞄准好位置准备拍摄，它又拍拍翅膀飞到另一朵花上去了，让我甚至来不及拍一张照片。我全神贯注，绷紧神经，几乎处于恼怒的边缘。就在这时，一个巨大的入侵者几乎从我的双臂间冒了出来，撞倒三脚架，打翻用来盛放遮光格的盒子。那是一只布里牧犬种的大狗，长着毛茸茸的黑毛，非常活跃，毫不客气地把它的爪子放在我的薰衣草上，于是便被那套闪光设备的线给缠住了。

紧接着，耳边传来几声呼喊，伴着清脆的嬉笑声，我立刻看到两个女孩子出现在我面前。其中一个几乎被我完全忽略，她应该是黯淡的，或者透明的，甚至是隐形的，因为我的眼球完全被另一个乖巧漂亮的女孩吸引住了。过去小学生常穿的那种系着红色饰带的黑布罩衣完全看不到了，我对此感到非常遗憾。没有什么比穿一件灰暗古板的衣服更能凸显出孩子的纯真和可爱。布莱丁身着一件淡蓝色罩衫，非常短，被一条饰有花纹的腰带束在她金黄色的大腿上。看到她的狗在摄影器材中费力挣扎，她咯咯咯笑作一团。这让我立刻联想到波提切利的音乐天使。她跑过去追她的狗，成功地抓住它的链子。然而，它比她重得多，还是将她摔倒在草地上。我呢，我的眼睛一动不动地看着这迷人的场景，并且寻思着我怎么会想到要拍大黄蜂这么烂的主意。

我们就这样认识了。她和她的父母、两个哥哥，以及一个妹妹住在离镇子一公里的一座偏僻的小农庄里。“但是，”她跟我说，“我们很快就要搬家了。”她的父亲在一家离得比较远的电材厂上班，每天早出晚归。放假的时候，因他们住在乡下，一般不太出门。

我请她们到屋里坐坐，给她们看我的照相冲洗室和一些作品。

“你们应该再过来玩儿，我给你们俩拍照片，”我虚伪地保证道，“但下一次来的时候可千万别带着狗。”

我们把狗留在了门外，然而，出于孤独和恐慌，它拼命想要闯进来。

最终我们分别了。她们笑着跑开，牧羊犬开心地在她们周围跳跃，而我则继续一个人，羡慕又有些伤感地，和我 4 × 5 英尺的箱子，以及完全被大黄蜂抛弃的薰衣草待在一起。一名摄影师，一旦错过了唯一那个在他眼中有意义的图像，从此以后就再也没有什么可拍的了，还有比这更令人伤感的吗?

布莱丁又来了。这次只有她一个人，没有同伴。我在头脑发热一时糊涂之下，居然没有对此感到惊讶。我给她拍了一组照片，那无疑是我从事摄影二十五年来拍过的最好的照片。我有过一刻的不安，因为当我建议她带她父母一块儿过来时，她拒绝了：“哦，不，他们对这不感兴趣！”我甚至没有勇气问她，她的父母知不知道她来我这儿。

有一天下雨，她一边抖动着她挂满雨珠的金发，一边走了进来。接着她把一个薄如蝉翼的雨衣挂在墙上，半透明的雨衣上已经有了一丝裂痕，然后她像主人似的走向厨房。我在壁炉里生了一团火，她准备着茶和一些烤面包片。这是属于我们两个人的下午茶。一切都非常惬意，洋溢着幸福的感觉，纯朴而又美妙。我不断地想到路易斯 · 卡罗，那个距今已有一百年的圣公会执事兼摄影家。他经常在家里组织一些活动，专门接待不足十二岁的小女孩。他给她们化妆，把她们打扮得漂漂亮亮的，或是将她们三三两两分组，或是让她们站在生动的布景前，在胶卷上永恒地定格她们昙花一现的、脆弱而又美好的稚气。我总是幻想自己亲耳听到从他嘴里发出的低声抱怨，好去掩饰语调中流露的羞耻感，当他的一个朋友问他，是否或许终有一天，这些女孩会让他感到厌烦：“闭嘴，她们是我生命的四分之三！”出于害羞，他在这一问题上撒了谎。毫无疑问，生命剩下的四分之一也同样属于这些小女孩。

布莱丁多大了呢？可能十一岁吧，最多十二。但我本能地感觉到她还没有到青春期，还没有真正成长发育。我能从一百个细节里看出来，而且决不会搞错。她的举动中含有一种近乎放肆的率真，她圆鼓鼓的稚嫩的膝盖上留有少许疤痕，还有一些动作，比如，在等待或无聊的时候，把右脚鞋底交叉地放到左脚上，这是男孩和女孩通用的姿势，不过却也是还没到青春期的典型表现。

哦，请不要笑我！我还没笨到分不清稚气和无知！只是布莱丁比别的女孩都要狡猾，而我是以一种比较惨痛的方式认清了这个现实。我认为孩子们，正因为没有被性欲或情感的悸动束缚，失去判断力，而反过来有时候能比一个被情绪控制的青年人更狡猾。比如在青春期的作用下，我们不难看到一个活泼调皮的小女孩变成滑稽做作的傻大姐。不过，布莱丁的举止出奇地像成年人。我经常有机会观察到一些幼小的女孩身上可爱的早熟，她们是如此年幼，甚至可以说还是婴儿。在不到两岁时，她们中就有些人懂得男人是怎样的，他们的某种行为可以用一个词来概括，就是献殷勤。与她们相比，小男孩们直到第一次遗精之前，都是一群稀里糊涂的傻瓜，除非面对他们的妈妈。布莱丁以一种很自然的女主人姿态占据了房子、花园，甚至我本人，而我则任由自己陷入这种被我看作是童话的处境。

有一天，她没有来，第二天也没有。我满怀不安地等了她整整一星期。听到学校操场上叽叽喳喳的声音，我还安慰自己说至少她的声音也夹杂在那里面。周末的天气特别地好，反倒让我觉得比平时更加凄惨。周一，我做了一件在这八天以来我一直努力克制自己不去做的蠢事：到校门口等她。也因为这样，我招来了全镇居民的议论。

她径直走向我，简单地对我说了句："我爸爸想见你。"

自从我们第一次见面，这个威胁就笼罩在我们身上。我早该做足准备避免这一天的到来，又或者是我其实早就可以回避这个问题，假如布莱丁没有不明原因地回避我一时性起而提出的那个想要拜访她家人的想法。

"他觉得什么时候合适。他想要几点来见我？"

"他七点钟下班回家。"

“那就明天，七点半。”

“我会告诉他的。”

接着她转身离开，径直走了，表情非常严肃，没有一丝她通常在我家、在我身边时表现出来的愉悦的优雅。能够感觉到从今往后，她父亲会如同幽灵般一直监视着她，连周围的空气都被她父亲绝对的权威笼罩着。

从那一刻起，我便等待着。不管我做什么，哪怕订购五百个彩色胶卷也只是占用了我的时间而非注意力，但那都不过是用来打发时间以及噬人的焦躁。就这样，等待充斥着我的生活，除了所有与之不相干的活动以及想法，就剩下挥之不去的等待。这个高高在上而充满报复心的父亲，他会把什么罪状安到我头上呢？我在脑中激动地回忆所有布莱丁做客的情形，那些我们在一起度过的时光，但我可以非常诚恳地说我无可指摘。只不过布莱丁还处于思维并不清晰的年龄，可能会将温情和欲望，友好的推搡和爱恋的拥抱相混淆。别人总是轻易认定我们这些单身汉都是些引诱女人的家伙，而大多数情况下，我们只是受到勾引，是猎物而不是猎人，受害者而不是刽子手！

门铃响了：是他。如果说我自以为等待的是一个国王般挺着胸膛非常威严的家长的话，那么我彻底搞错了。那是一个矮小的男人，长了张忧郁惨白的脸，戴一顶一直遮到耳朵的巴斯克贝雷帽，再加上可能装着工作便当的工人布包，这一切完好地诠释了他勤劳的形象。

他在椅边坐下。

“布莱丁告诉我说您想跟我谈谈。”他开始道。

这个谎话式的开场白让我感到更不自在，何况我还搞不清楚到底是布莱丁还是她父亲在撒谎。不过这还是有办法跳过去的，我赶紧抓住机会。

“当然了，不是吗。她经常来看我。那么我把自己介绍给她的父母也是再正常不过的。”

我问他想要来点什么，他最终接受了一杯啤酒。哦不，谢谢，他不抽烟。接着便是一大段沉默。真是难以置信，我们居然没什么可说的！我带着一丝怀疑仔细打量他，难以置信却不断对自己重复：“这是布莱丁的父亲。全靠他才有了她。他每天都能看到她，拥抱她。”大自然的规律有时是多么地奇妙啊！他则好奇地张望着周围的一切。

“布莱丁跟我讲了很多关于您的房子的情况。”他说。

一个有点伤感的想法从我脑中一闪而过。确实，如果说布莱丁和我有着某种联系的话，那这个她先是反客为主而现在已经由她掌管的房子显然成了她的住所，比起我来，必定与她的联系更多些。我站起身，提议带他在房里转一圈。或许这将有助于建立起彼此的信任。一楼是我们所在的客厅——办公室——厨房——卫生间。然后是通往地下室楼梯的门；二楼：浴室和四个房间。但房子的主要空间，还是在上面那个铺着松木墙板，整理过的顶楼。那是我的摄影工作室，同样，我的床也放在那里，因为我很喜欢在我的小聚光灯、幻灯机、三脚架和照相机中入睡。当我还是小学生的时候，晚上，我会在枕头下面放上一本书，书中印有第二天上课时要用，但我却记不住的课文。我相信那篇文章在睡眠中离我的头是如此之近，以至于会通过一种心灵感应刻到我脑子里。或许也是出于同样的原因吧，我喜欢在我赖以谋生并让我感到无拘无束的器材中休息。

“这屋子真大。”布莱丁的父亲评价道。

大？当然了，乡下的住宅总是比城里的公寓宽敞得多。但是，我提醒他，由于我的职业关系，要装满这么大的空间，我还是足够“大”的。

“这没什么，它还是很大。”他摇着头坚持己见。

然后，很自然地，他接过话茬，说起自己住房困难的问题。布莱丁之前已经跟我简单说过大致的情形：他们应该很快就要搬家了。那个自布莱丁出生以来，他们居住了十一年的小农庄的主人为了尽早摆脱他们，已经要求他们搬走，并且在三十公里开外给他们找到一处可以落脚的地方。那是一座所有房屋都统一建造的小村庄，房屋造型完全一模一样，从上面俯瞰下去就像是一块长方形大草坪，仿佛地毯似的。

“嗯，就是这样，”他最后总结道，“我来您这儿就是想问一下，在这附近您知不知道还有什么房子。我也说不准，一个现成的二手房？甚至有些破损也无所谓，我可以负责修葺它，我一点儿都不挑剔。”

我被这番求救打动，于是答应了。我在心里默默想了一圈我认识的人，但在这个被度假别墅占满的乡村，土地价格对一般人来讲显然还是越来越难以承受。我答应帮他去问问看，是的，但是我说话的语调足以表明自己不太有把握。

再说，他也没什么信心，再说他想从我这儿得到的也不是这个。因为忽然间，他阴沉的脸就堆满了笑容，接着，仿佛突然找到灵感似的，他举起手，指向楼梯。

“但您这儿行！您不缺这块地方！既然您总是待在三楼的阁楼里，为什么您不把二楼租给我们呢？”

这个临时提议让我完全没有思想准备。我屏住呼吸怔怔地站在那儿。而他赶紧继续往下说，仿佛我激动得说不出话就代表我要接受。

“我们并不太占地方，您知道的，就我、我妻子、四个孩子，以及皮坡。”

“皮坡？”

“是啊，就是那条狗。”

它呀，我都把它给忘了。我又想起这个粗野又多情的小家伙那天打翻我的遮光格，把爪子伸到我的薰衣草上的情景。

最终我还是站稳了脚跟。确实不行，那是不可能的，我就不该考虑它。我看起来还没有那么孤独，偶尔会有一些朋友来看我，我的家人也会不时过来小住。至于剩下的时间，我的工作需要清静。而这个房子——高度在这儿呢——想要与世隔绝是完全不可能的。只要有人在房间里，就算他再小心我也能感觉到。

我就这样讲了很长一段，慢条斯理地，语气坚定地回绝着他疯狂的提议。

他脸上的笑容慢慢消失，垂下眼睛盯着啤酒杯底，机械地晃动剩下的一些啤酒。

“真是遗憾，”他低声抱怨道，“非常遗憾，真是太遗憾了。”

接着，忽然，他抬起头看向我。尽管他脸的下部还隐隐透着笑意，但他阴郁的眼睛却不怀好意地盯着我，冷冰冰的。

“是啊，那可真遗憾。如果我们真的找不到地方住，就得离开了，不是吗？还有布莱丁，好吧，她也得走了！”

非洲奇遇

你听说过休达吗？那是一个坐落在摩洛哥海岸，非常奇特的港口城市，对面便是直布罗陀巨岩，欧洲的海格立斯之柱。 而另一根海格立斯之柱，位于非洲的那根，则是雅科山，紧挨着这座城市屹立在一个几近于小岛的巨岩上。也就是说休达面临大西洋，东濒地中海，北边是西班牙，南边是摩洛哥。至于这座城市本身，它是一块在摩洛哥的地盘上但却被西班牙占领的土地，行政上归属加的斯。这足以让人晕头转向。城里的居民，大部分是西班牙人和天主教徒，当然也混杂着一些柏柏尔人和穆斯林。

我住在一栋风景绝佳的朋友的别墅里，他和他妻子去欧洲旅行了，在此期间，他把房子留给我住。正因如此，我欣然地接受了他们的邀请。何苦让别人沦为自己的存在的囚徒？诚然是他们邀请了我，但他们也很有分寸地转身离开，留下我一个人成为这里的主人！

我住的那间房一直延伸到一个东朝地中海的观景平台。早晨初升的太阳射出第一缕光芒径直掠过浪尖，幻化为金色的光点洒落在我头顶。清晨醒来，呼吸的第一口空气充满了柠檬树和玉兰花的香味，因为别墅里有一块中等大小的花园，把房子和海水涌动的一排岩礁隔开。总而言之，我身处天堂。

我也不是那么地孤单，朋友给我留下了他的佣人穆斯塔法，一个满头灰发的穆斯林，总是带着认真而又温和的笑容。他天亮前过来，打扫屋子，照料花草，中午准备完午饭之后就离开。

有一天，我被一阵从花园传来且越来越响的声音吵醒，这声音里还夹杂着喷嘴发出的低沉连续的水流声以及耙子刮在沙地上轻微的响动。我往花园走了几步，在我的那杯茶前面坐下。一个大概十多岁的孩子把落在沙子上的几片枯叶聚集到一起，接着停下来把喷嘴挪开。我和他说了几句话。又过了一会儿，我问穆斯塔法，这孩子是谁。

“这是我的小儿子，哈坦，他过来给我帮点儿小忙，”他没好气地说，“自从他辍学之后，我也不知道该拿他怎么办。年轻人的失业问题是我们整个国家的伤疤。”

“他挺漂亮的。”我随口说。

漂亮，他确实挺漂亮的，有着和这个地区很多柏柏尔人一样的金发碧眼。但他棱角分明的脸部轮廓却显露出有些固执的严肃，使他幼稚的脸蒙上一层阴郁的色彩，而同样的特征却带给他父亲一种聪明机灵的感觉。

在喝完茶后，我习惯性地躺回自己房间的床上，花一两个小时看看书或写写东西。就这样我度过了几分钟美好的时光。喷嘴继续发出咕噜的流水声，但我再也没听到耙子挖地的声响。有人轻轻叩门，接着把它推开，是哈坦。他迟疑了一下。我让他关上门。他应该明白我这是在下逐客令。但相反地，他走了进来，又关上身后的房门，来到我床前站住。他忧郁的脸上焕发出浅浅的微笑，就像雨中透出的一缕阳光。我挪了挪被子，对他说："进来吧！"他脱掉仅有的几件衣服，钻进被子，靠着我。我用手紧紧握住他结实得像两个苹果的小屁股，这是一对从原则上来说应该非常厌恶鸡奸的小男孩的屁股。

"你不怕你父亲上来？"过了一阵子，我问他。

他用头示意不怕。

"他知道你在这儿吗？"

肯定的动作。

"是他让你来的？"

他继续点头。我抱住他，感谢上帝，在这个如此美丽的国度里居然还居住着一群如此善解人意的人。

总之，第二天早晨，穆斯塔法的一番话还是印证了哈坦前一天在回答他爸爸的态度这个问题上对我的保证。

“您晓得，”他递给我一片面包，继续说，“哈坦他非常喜欢您。您应该带他一起回法国。他可以帮您，这孩子什么都会做，煮饭，做家务，照料花园。而且和您在一起，他可以学着读书写字。”

这个父亲显露出的沉着冷静让我的精神为之一振。他明白，没有什么比一个和他儿子有身体接触的欧洲庇护者更能帮助他儿子谋得一份工作了。多么美妙的伊斯兰文化啊，和我们西方社会愚蠢的反性欲崇拜如此大相径庭!

只不过穆斯塔法的提议来得很不是时候，我的意思是正好出现在这个残忍到有点儿讽刺的情况下。就在八天前，当我从马拉喀什回来时，我遇到了与今天完全一样的处境。那让我遭受了莫大的侮辱，以至于到现在，它给我留下的伤痛还让我记忆犹新。这件事情发生在舍夫沙万，起因是一个比哈坦更年轻一些，叫作阿普代拉的男孩。

啊，那个男孩!我毫不夸张地说，他完全有值得炫耀的资本，不管从哪个方面，他都让我为之着迷!遇到他是在一个与朝乌山一侧相连的山区小镇，那天，我刚刚在中心广场停下车，他就毫不客气地钻了进来，并且带着大大的微笑向我保证说，如果我想要参观旧城区、买些羊皮以及游览安达卢西亚花园的话，是不能没有导游的。您需要一个住的地方吗?对，我回答道，但是要那种不需要出示护照的宾馆，因为我想和一个摩洛哥朋友同住。转瞬间，他变得惊讶而又严肃，问我说我的这位朋友在哪里。“就在这辆车里，在我旁边。”我回答。他笑个没完。一定是因为他的笑，才让我爱上他，就像我们因为太阳的热烈以及它照耀万物上的光芒而喜欢它一样。阿普代拉一头棕发，总是显得很快乐，就如哈坦一头金发，总是显得很忧郁。

我们一同在马角的地渗泉沐浴，泉水异常冰冷。阿普代拉的身体非常光滑，圆润而又结实，就像被水冲刷过的卵石。随后，他把我带到旧城区一栋没有任何标有小旅馆字样的房子里，我们要了一间双人房，房间脏得让人印象深刻。但是阿普代拉的美丽和殷勤却显得如此珍贵，以致所有靠近他的东西都被雕琢得如象牙一般晶莹剔透。在半夜，强烈的幸福感把我从睡梦中唤醒。我叫醒他，告诉他我要带他去法国，我要他永远做我的伴侣，我会将自己的生命交给他。接着，就像是自己刚完成了一件非常重大、具有决定性意义的事情，我又倒头睡着了。

第二天，当我在那间可怕的破屋子里睁开双眼时，阿普代拉已经不见了，并且带走了我口袋里所有的现金。我把自己的生命交给他，而他却更喜欢那六百四十五迪拉姆。这样一种“无私”带给我一阵近乎恶心的眩晕。

哈坦和阿普代拉，阿普代拉和哈坦……在这个摩洛哥的秋天，爱情和巧合是何等地嘲弄着我！

露西和她的影子

“在智力上，女人和男人是一样的，只不过她们有时更笨些，”法比耶纳说，“因为除了智慧之外，还有……可以说非智慧。但是在这里应该区分清楚。有人可能会立即说：愚蠢。确实，愚蠢是非智慧的一种。但它并不是非智慧的唯一形式。愚蠢，正如这个词表现的，是牲畜的特征①，也就是说，是与人相对的动物的特征。与人类相比，老鼠、狐狸、猫、狗，甚至黑猩猩都属于牲畜。不过，它们的智商还是可以通过一些测试衡量出来。这是个数量问题。由此推断，在猴子和低能儿中也有可能找到智商数值相同的。但是，他们之间有一个很重要的差别：当一只猴子被放进一个对它来说正常的自然环境下时，它会表现得非常适应，并且能够生存下去，然而，没有一个正常的社会环境能让低能儿在没有他人协助的情况下独自存活。

① 法语中愚蠢是“bêtise”，而牲畜是“bête”。

“所以，如果说动物是愚蠢的，那仅仅是因为它们智商不高。这说法并不是一个那么显而易见的道理。因为即使在中等、偏高，甚至非常高智商的情况下，我们也有可能犯糊涂：如果这里涉及的是愚蠢的积极形式，而不是消极的话。这也就意味着，在智力之外——仿佛同时在和它竞争一样——存在着一股力量、一阵冲动、一些幻觉，不仅逃离出智力的控制，甚至还能不断巩固自己的控制地盘。这种积极形式的愚蠢，民间一般称之为‘connerie’（荒谬），这个词的由来意义极为深远。它其实来自拉丁语 cunnus，指女人的性器官。不过，米什莱对人们把一个如此迷人的东西看作是牲畜的近义词感到非常愤怒。他错了。如果他和一个女人亲密相处一阵子之后，他就会反过来，喜欢上民间的这种直觉性的定义。这是因为，除了拥有一个从任何方面看都与男人水平相当的大脑之外，女人的特征，就是拥有一个时不时会代替大脑思考的 cunnus。任何一个人只要和女人待在一起久了，就能很快学会用耳朵辨别她阴道的声音，尤其当有的时候它的声音盖过大脑的声音。在这一点上，我倒觉得应该创造出 vagin，vagine，vaginerie 和 dévaginer① 来替代那些粗俗难听的 con，conne，connerie，déconner。有人会说男人也有自己的性器官，它同样会使男人变得像女人一样糊涂。但和女

① 这一系列词源自解剖学术语 vagin，意为阴道。

人相比，男人的性器官没有那么与身体‘融为一体’。它并没有陷入他体内，却恰恰相反，更像是偶然地挂在他身上似的。这差不多算是一种社会象征，就像胡子一样，再说，男人根据性别做出的行为，很大程度是在社会压力的支配下。是社会要求他‘像男人一样’行动，在‘血水中洗刷他的荣耀’，以及要求他干其他一些愚蠢的事。或许只有在驾着汽车飞驰时，他才能抛弃所有的理智，只服从于自己的‘男子气’。但即便在这种情况下，社会因素也起到了很强的作用。

“早在中世纪，就存在一个引人发笑却又洞察入微的奇妙说法，用来解释女人的阴道对她智力的操控。首先假设阴道是一只小动物，藏匿于女性小腹处，而它日常的食物是男人的精液。当缺乏爱情的滋润时，饥饿的阴道便会离开它的洞穴，就像饿狼走出森林一样。然后，它会在女人的身体里四处游荡，寻找食物。可是在女人的身体里，什么东西和精液最像呢？她灰色的脑浆。于是阴道便爬上头部，开始吸食大脑。它变得歇斯底里，它开始‘胡搞’，‘乱来’。”

“或许吧，有可能。”安布鲁瓦斯插了进来。“但是，如果说‘阴道理论’构成了愚蠢的积极形式，那么它依然需要拿出所有真正的积极性来给大家看，我想说的是它构成的幸福源泉。它是如此强大，以至于无论男女，无论智商高低，缺少了阴道的阴影，他们也只不过是一群没有灵魂的可怜鬼。你们记得彼得·史勒密尔吗？沙米索作品的主人公，那个把自己的影子出卖给魔鬼的人。他以为把影子出卖给这个恶魔就可以骗取他的信任，从而得到一笔财富，但其实一点儿都没有。事实上他从此以后便失去了灵魂，而且还引起所有遇到他的人心中强烈的反感。至于那个没有了阴影庇护的女人，她甚至比史勒密尔更加悲惨，因为她失去了一切。女人是男人的阴影，而男人愿意生活在这阴影之下，因为正是那里带给他热情和色彩。阳光使树叶生长，但是它停止了根部的发展，那是只有在夜深时才能进行的生长过程。我们应该把歌德和他绝大多数作品持有的色彩理论铭记于心。

“根据牛顿的理论，光是由光谱上的七种颜色组成。对于歌德来说，这样的理论是不能容忍，难以接受的。在他看来，光是纯洁的极致，简单的极致，均匀的极致。它怎么可能是那些比它暗淡的颜色混合起来的结果呢？不，光是最初的、原始的、永恒的。为了产生出其他这些颜色，它要被一个模糊的东西过滤，像是水晶或者大气层。那些颜色是光的痛苦，光的激情，也是光的作用，因为它们是不可分割的。同样，山间清澈透明的急流在奔腾向前时，也可能会被吸入抽水机里，从而被引入黑暗，或带向一些复杂的工程。至于人，则是归功于他的黑暗核心才有了自己的色彩。

“现代物理选择了牛顿和他的理论，光是混合的，它次于其他一些色彩。但是不难发现，整个绘画史都在支持歌德和他的彩色投影理论。这一理论的巅峰是一个叫做莱昂纳多·达·芬奇的画家，他在自己的作品《岩间圣母》中创造出了明暗对比；是伦勃朗，还有他著名的夜间布景；是卡拉瓦乔，透过一扇穿透地窖的气窗，他的作品重新展现了这个世界；还有那些印象派画家以及他们淡紫色的阴影。

“在我的童年时，发生过一幕惨剧，虽然当时并不是故意的，但我还是应该为此负主要责任。这个事件残酷地揭露了光、影和颜色之间的关系。故事的女主人公并不叫露西，但是出于谨慎，我给她起了这个名字。因为在‘élucider’（弄清楚）这个词里有‘Lucie’（露西）这个字，也因为这个故事本身是一场从某一方面来说致命的发现之旅。”

露西和她的影子

所以我要叫她露西。她是我的小学老师，我非常喜欢她。那时我正十岁。我永远都忘不了她七彩的羊毛连衣裙，或是她宽大的黑色波希米亚长裙，她的薄绸围巾、她的贝壳项链、她的平底鞋(我从来没见她穿过那些可憎的高跟鞋！)。她赤裸黝黑的双腿在齐到我们脸部的桌面下交叉着，像绳形花式，完美柔和。我尤其忘不了在魁北克圣-让的一个夜晚，她梳起乡村花冠头，和我们一起围着节日的篝火跳舞。她平时梳一条发辫，有时把它盘在头上，有时任它垂在背上。因为我有一本斯拉夫民间故事的画册，我觉得她有一种俄罗斯或乌克兰人的气质，总的来说周身散发着异国情调。

或许当我提到 maîtresse 时你还没有完全明白，值得注意的是，法语用同一个词，既表示一名已婚男子的情人，也就是他的第二个女人，又表示管教最年幼的学生的女老师。由于，留心了，对于那些教导资历最长的学生的老师，我们称之为“教授”。孩子的第一个女人自然是他的母亲。学校遇到的女老师，则是他生命中的第二个女人，他的情人，而且由于一时大意，他管她叫“妈妈”的情况也不少见。这是一个不可原谅的错误吗？我们可以问问自己。从前有一个传统，那就是让长相难看，戴着眼镜，盘着发髻，干巴到夸张的老姑娘来做小学老师。我做好了充足准备来抵制这一画面，不过露西老师的情况似乎证明，最好还是提前提防这样的概念混淆。

好吧，我十岁了，非常喜欢我的老师。我准备好使出各种花招来博得她的宠爱。我只是一个中等生，既不聪明也不笨，不管在哪一方面都很不起眼，因此这不是一件容易的事情。更何况，全班同学都跟我一样，对她充满迷恋。所有一切使我们相信，我们是一群与众不同的孩子，受到上帝的偏爱，不可思议地能够由露西来管教。我尝试从索菲入手。她是我的同班同学，同时她也是露西的长女，除她以外，露西还有两个更小的儿子，提波和提卓力。只不过在“女老师”露西和“母亲”露西之间仿佛竖着一道墙，很明显，索菲尽量不显露出她们之间的亲属关系，她只称呼露西为“夫人”，就像其他人一样。

根据我制定的计划，在接下来很长一段时间里，我会长期地在下课后陪着索菲，直到足够让自己见证露西被自己的女儿称呼为妈妈，从而身份发生转变的过程。在我看来，如此转变对我自身同样具有效力，就此我便能越过一道门槛，其后则是我视为天堂却又重重防范的亲密。不过如果说我曾经有过两次机会到露西和她的孩子们住的那栋道口看守员的老房子去，如果说我曾经可以隐约看见尼古拉，她的丈夫，绘制的大幅青色植物油画的话，那么一直以来，我徒然地等待索菲说出那句神奇的咒语“芝麻开门”，将她的家门真正向我敞开。是一场灾难为我打开了这个家的门。

但是在这之前我应该先说一说我自己的家，那个构成我童年生活另一个极端的地方，唉，一个负面的极端。钱，我觉得一个人和钱的关系就如同他和上帝，和他自己的身体，和他的妻子、母亲，以及其他种种的关系一样深厚而复杂。我的父亲挣钱很多。似乎这源源不断的金钱对他的心理健康来说，就像他呼吸的空气对他的健康一样不可或缺。他是怎么发财的呢？答案很简单。只需要从小就一门心思想着钱。不过“想”这个词还不够准确。应该比这个词更丰富也更简单些。一个能够成为百万富翁的人，从来不会为自己制定其他任何生命轨迹，他会自动将所有的思维和行动指向唯一目标：利益。这是一个已经与他自身融为一体的本能反应，根深蒂固，以至于有些下意识似的总是如此。当然，这样一种对金钱的强烈追求总有个源头，而有时我们是能够确定这个源头的。在我父亲那儿——可能他的情况还算普遍吧——我认为是由于缺钱给他留下的心灵创伤，或者说比缺钱更甚：是他的父母围绕着空空如也的钱包大吵大闹的丢人场景。如同其他很多人一样，他整个一生都会牢牢记住这一幕。正是这种对家中可耻的贫穷深深的仇恨，才促使他后来成为一名令人生畏的企业经理。

同时，我还应该再明确一下这家公司的性质，因为它在我的故事中起到一定作用。我的父亲最初在一家私营无线广播电台的商业服务部工作。私营，也就是说商业的，因为在那个时候，国家广播电台只靠听众支付的税款运营维生。达到一定的级别之后，我父亲跳槽成了另一家竞争对手电台的商业经理，随后，他又成立了自己的广告代理公司。广告行业大概是赚钱方式最优雅又最迅速的途径了。将需要推销出去的产品融入天堂一般的生活场景中来诱惑大众，再加入大量事先精心安排的美好画面，美丽、青春、性感、假日……诱惑！我父亲能够非常完美地处理广告场景，推动观众达到某种一致的情绪，从而达到广告预期效果。他的口号或许可以诠释为：要么诱惑，要么死亡。但是，假若性格基础不合适，我依然不认为他能够如此充分地完成自己的职业目标。他拥有那种被性格学描述为“金星型”的性格。讨人喜欢的外表掩盖了他的真实内心，而当真相横插一脚，甚至摧毁这一迷人假象时，留给他的就只剩仇恨了。我不无心碎地想象过一个年轻女孩的震惊，当她被表面好似白马王子的男人迷惑吸引，却在一场梦幻般婚礼的翌日，发现他华丽外表的另一面。或许，他的公司制造了太多谎言，在良心谴责下，我的父亲一方面通过增加专业可信度，另一方面则通过苛刻私下的生活，来为自己辩护，至少在他眼中这不失为一种办法。很自然，他的妻子和孩子也理应与他一同分享这样的生活。我的母亲和我，一方面，我们的生活排场十足，而另一方面，我们的家庭制度却完全相反，极尽荒谬的边缘。我们一直都拥有自己的私家车和私人理发师；但是，我们的餐后甜点里居然没有糕点，除了周日中午。所有的浪费——尤其是食物的浪费——都会在家里引起一场轩然大波。每年冬天，我们会去格施塔德滑两次雪；然而，我们却只能到隔壁的超市去买一些必需品。我们的房子还包含几间“仆人房”，里面住着一个厨师和一个贴身女仆；不过，在我母亲的梳妆台上，我却从没见过一瓶名牌香水。很长一段时间，我以为她完全赞同她丈夫那豪华与简朴混杂的奇怪偏好，但是，如果我能再成熟一点的话，我应该想到母亲整个家族的加尔文教派出身，这个产生了清教主义和美国资本主义下的富豪苦行僧们的新教分支。显然，她没有任何抵触地顺从了她丈夫如此独特而又强制的生活方式。从不吵闹，从不哭泣。退一步看，我想她是生活在一种消亡的状态下。父母的卧室是家里一个神圣的地方，我知道自己不该擅自闯入。我是怎么知道的呢？或许在我还年幼时，就有人反复将它灌输给我，以至于自然而然，我把它当成一条法律遵守了下来。

是的，在这样一个奇怪但并不有趣的家庭里，她生活在一种消亡的状态下。在这里，所有的情感流露，哪怕略微激烈的情绪表达，都会被看作是不合礼仪的。直到有一天，她和别人私奔了……

或许是因为她终于有勇气走出这麻木。从父亲的反应中，我丝毫没有看出悲伤、耻辱或者对谣言的担忧。如果我暗讽说，他对这件事真正的悲哀成分几乎没多少，人们可能会指责我大逆不道。是仆人们告诉了我母亲离去的消息。当我在晚餐时现身，桌上只有两套餐具。我的父亲把我拉到他身边，手按在我的头顶，用一种郑重的语气对我说："我的孩子，你的母亲抛弃了你。"这样的表达方式让我感到惊讶，因为在我看来，我母亲抛弃的反倒是他。但是或许，他没法亲口说出"我的妻子抛弃了我"这句话吧。我被深深伤害了。晚餐在糟糕的沉默中进行着。我的父亲不但不知道怎样让我的母亲幸福，而且还显得几乎无法和我建立任何对话。那一晚，我终于掂量出一直以来我生活中情感空虚的分量。我带着作为甜点的苹果回到自己的房间。那是盛夏的尾梢，夜色悄悄地降临在静止的花园里。妈妈走了。那我呢？我该怎么办？我的卧室在一层。我站起身来，手中拿着苹果，踏上通往露西家的小路。

我以为在我面前出现的会是一幅与我家形成鲜明对比的场景：灯火通明的房子，音乐绕梁，香气满屋。然而，我却惊讶地发现屋子里一片漆黑，鸦雀无声。我走近房门，但是，还没来得及举起手按下门铃，它就自己打开了。露西出现在我面前，逆光站着，身上的长睡裙如同一块巨大的光点。我随即注意到一个细节，尽管它不算什么，但对我来说却不可思议地重要：她的发辫解开了，浓密的头发一直披到肩头。不知道该做什么，也不知道该说什么，我把苹果递给她，她欣然接受了。我说："妈妈跟别人跑了。"她说："进来吧！"接着她把我领进屋里。"尼古拉和孩子们在他母亲家，他们明天早上回来。你吃饭了吗？"我不饿。这样一个奇妙的巧合把我乐坏了：露西只属于我一个人！不止是班上的其他同学，就连她自己的家人都不见了，留下我们两个单独相处。我母亲的离去难道不正是这场盛大的幸福必要的前奏吗？

夜深了。接下来的几个小时，我的印象十分深刻，却又很空泛。毕竟已经过去那么久了！再说很显然，我睡着了。在十岁的年纪，我们都还不擅长熬夜。夜晚。为什么我们从未表达出夜晚所默许的一切？——认可，放弃，宽恕，接纳。夜晚，是对大量禁忌与约束的解除。是纵容的沉默，是交流，也是违抗。如果说那些偷窃、凶杀、赌博、越狱、卖淫都选择了夜晚，并不只因昏暗的夜色使监管更加困难，而是夜晚本身便是混乱丛生的时刻。这种混乱，当我躺在露西的怀抱里时经历过，在那里，我感受到前所未有的幸福。从此以后，我再也没停止过思考这个重大感悟的奥秘。平日里，她通过上课或其他现身带给全班所有人的温柔的乳汁，我觉得自己直接从她身上吸收了。但首先，这是夜间的乳汁，是只有在黑暗中才绽放的光芒，专属露西。

就像不能熬夜一样，我的生活习惯还没让我适应睡懒觉。当我睁开双眼时，黎明刚刚降临。露西颀长古铜的身子斜倚在床上，散乱的头发，懒散的手臂，结实的臀部，以及丰满的茶色半月状胸部，把我团团围住。她的沉睡和我的苏醒形成强烈对比，让我感到很不自在。沉睡的女伴残忍地忽视甚至避开已经睁开双眼的男伴，她藏匿在一个无法触及的世界，把他抛弃在外面无情的光明中。我悄声窜到床下，向沉睡的女老师投去最后一瞥，打算离开这个“新婚的洞房”。就在这时，我注意到地上，在床脚边，有一个应该是我在起身时碰落在地的玩具娃娃。我捡起它，想要把它重新放回露西身边。那是，如果我记得还算清楚的话，一种从前很流行的组合玩偶，它陶瓷的头部看起来很坚硬、圆润，色彩生动，而它填满废棉的布织身子则软绵绵地鼓着，没有形状，色调暗淡。时间还宽裕，当我把它放回露西身旁时，我又看了看它垂在蓝绿色眼睛上的眼睑。露西在睡梦中把手搭在它身上。

我在这座空旷的房子里游荡了一会儿。这里如此地混乱，以至于我也说不出哪儿是厨房，哪儿是餐厅，还有客厅和书房。书本、食物、纸牌、园艺工具，这些杂物放得到处都是。这和我家房子过分注重细节的布置对比多么鲜明啊！我是多么希望能够生活在这间混乱却又充满生气的房子里！但是最让我意想不到的，是尼古拉的工作室，好似玻璃笼子，或者更确切说来是玻璃阳台，粘在房子上。由于所有墙壁都被大块的画布完全遮盖，阳光只能从阳台顶上透进来。但是能这么说吗？实际上，每一块画布都放射出自己的光芒，但当然了，这不是透过玻璃的平淡现实的光，而是丰富的、复杂的、令人不安同时又引人注意的光。尼古拉作品的主色调是一种独特的绿色，不像叶绿素般的绿，是水中的一种颜色，咸咸的，如同我们称为“南海之蓝”的颜色。不过与此同时，画面上还有一些玫瑰色的笔触，触目惊心，让人想到黏膜、内脏、伤口。不，它不是一种天真的植物的绿，而是生活的基本色调，来自海水，既是腐烂灭亡，又是发芽重生。神话告诉我们，克罗纳斯，在用一把镰刀割断他父亲乌拉诺斯的生殖器官后，把所有东西都从天国的阳台上扔了下去。于是，那把镰刀就变成马耳他岛。至于那堆生殖器官，它们在很长一段时间里在大海随波逐流，四周逐渐形成一圈咸咸的玫瑰色泡沫将它们裹住。这团像一个沾满血迹的水母的东西被抛置在一片沙滩上之后，从里面诞生出一个美艳无比的女子，我们叫她阿芙洛狄忒，后来也有人称她为罗马神话中的维纳斯。尼古拉在他的油画中坚持不懈地想要展现的，正是这块抽动的有生殖力的肉，散发着令人陶醉的美丽，在水流和漩涡中摇摆；甚至可以说它是处于新生状态的女性魅力，从而满载原始的力量。我隐约意识到，这同样也是一幅深度描绘露西的画像，或许因为我刚刚离开她的怀抱，依然沉浸在她的气息中。

尼古拉和三个孩子的突然闯入把我从沉思中拉了出来。我听到他们在露西的卧室里喧闹着，笑声混杂着提波和提卓力的叫喊，而且有史以来第一次，有个陌生的名字传入我耳中：奥尔嘉。她睡得好吗？她吃早餐了吗？她来和他们一起散步吗？这个我从来不知道其存在的奥尔嘉让我感到困惑。至于我的存在嘛，似乎大家都忘了。是尼古拉在工作室突然发现了我。“啊，你在这儿呀？”他想说的是：在工作室还是在屋里呢？“你觉得我的作品怎么样？”我沉默不语，没有做任何评价。“所有作品都在这儿，我一幅都没卖掉。它们都属于露西，我是为她画的。”他在工作室里绕着圈踱步，手臂忽左忽右地摆动，幅度很大。他有一圈短短的络腮胡，穿着栗色天鹅绒的凸纹裤子和上衣。要不是因为他没打一个大花领结，他简直就是画室的艺徒。我明白，尽管我年龄还小，他依然把我当成享有特权的访客，因为正如他告诉我的，除了他的家人还没有人看到过这些作品。我是唯一一位外来的目击者。他在一幅巨大的作品前停了下来。一阵海蓝色的涡流包围着一个孩子小小的轮廓，准确地说是玩具娃娃。“这是奥尔嘉。这是露西围绕着奥尔嘉旋转的生活。”我认出了那个和我一起睡在露西床上的玩具娃娃，从那之后我知道它的名字叫奥尔嘉。“这是一个被排空的池塘。”我评论道。我觉得自己实际上看到的是一股盘旋而下的水流，水里有小扁豆、海藻、蝌蚪，所有这些围绕在排水孔周围，那上面放着玩偶奥尔嘉。尼古拉显得十分惊讶。“啊！你觉得它在排空？但它其实是朝着相反的方向转动，它在充满，不是吗？我呢，我倒觉得奥尔嘉就像是生活和财富的源泉。而你，你看到的却完全相反。好吧，好吧……”他带着困惑而又伤感的眼神看着我。“我可能搞错了。”我安慰道。“不，完全没有，你没有搞错。一个赏画的人是不可能搞错的。只要他看到的，便是真相，决不会出错。就像奥尔嘉。对露西来说它是个沉重的负担吗？有人会这么认为。但我，我却觉得恰恰相反，它是她生活中最热烈最多彩的地方。至于要怎么知道事实真相呢？露西拒绝在这个问题上透露一个字。”

我没太明白这番对话，倒是露西家兄弟俩看到我时发出的欢呼声将我解脱了出来。他们把我带到房子的大厅里，露西和索菲已经坐在桌边，面前放着几碗巧克力和涂着果酱的面包。尼古拉也过来了。我在他们中间坐下。朝餐桌上扫了一眼，我着实吃惊不小，如果不用脏乱来形容的话，至少桌上收拾得够马虎的。上了蜡的桌布撒满了面包皮和蛋糕屑，还星星点点地留有一摊摊牛奶或果酱，提卓力的仓鼠在桌子上毫不客气地来回窜动，把脸凑到碗里罐里。所有人都同时在聊天打闹，除了露西。她只偶尔地从嘴里冒出一两声单音节词，全神贯注地看着靠着她坐在桌边的玩偶奥尔嘉。然而她却不是孤立的，而且完全相反！能够感觉到她是这个房子的中心，是整个家以及另外四个家庭成员，加上猫、仓鼠等等所有的中心，仿佛这一切都只不过是从她身上发散出来的。我们所有人都是她的孩子，当然也包括尼古拉这个碌碌无为的画家，从来没有卖出过任何一幅油画，因为他只为她而画。（不过除了她之外还会有人对这些巨幅画作，这潮湿发霉却又波光粼粼微微颤动的沼泽场景感兴趣吗？）

我吃完自己那份巧克力和面包，随后两个男孩就带我出去了。尽管我比他们足足大两岁，但是他们对这块地方非常熟悉，而我却很陌生，这倒弥补了我们之间年龄的差距。我之前已经说过这家人住在一栋道口看守员的老房子里。博讷-阿尔奈勒迪克铁路径直横穿右边不远处拐角的马路，不过在我出生前它就已经废弃不用了。人们拔掉铁轨和轨枕，把它们堆在这栋房子附近。由于尼古拉时不时会卯起劲来锯下一些枕木——这些枕木经过岁月冲刷早已丧失原本的硬度——人们就把它们添到房子的壁炉或者学校的火炉里。我们对后一种处理方式很是反感，因为含杂酚油的气味会弥漫在整个教室里，就和操场公厕的味道一模一样。铁路的路堤废弃已久，逐渐变成一条奇特的碎石子路，上面长满毒芹和野酸梅。在上面骑自行车是完全不现实的，就连走在那条路上都非常不舒服。然而，我们这些孩子们总梦想能有一次探险之旅，去一个被“大人们”说得很神奇的恐怖而又神秘的地方：在不到两公里处，有一条隧道正张着血盆大口，等着吞下那些准备参加祭礼的候选人。这兄弟俩，仗着有一个比他们年长的意外增援，正是想在那天早晨去那儿一探究竟。他们得意地向我展示了他们事先准备好的蜡烛及火柴。事不宜迟，我们立刻出发。

他们激动万分，仿佛插上了翅膀似的，向前兴奋地冲去，而我则在这由轧碎的石子铺成的石渣路上艰难地跟着。奇怪的道路，平坦之极却又生硬粗糙，在过去的一个世纪，火车们在上面呼啸而过，伴随着几声咆哮，径直投入隧道黑暗的洞口。然而如今没有了铁轨和枕木，它仿佛苦路①一般带着痛苦忧伤的气氛，唯有沿路排列的信号杆依然立在那儿，还有上面的圆盘信号和废弃的壁板信号机。转了个弯，隧道的入口终于出现在我们面前，我有一种正走向通往冥间的大门的感觉。但没有时间犹豫了。“我们要进去找什么？”兄弟俩兴奋不已，对我的问题丝毫不加理会。入口处只简单地竖着几根有倒刺的铁丝，上面挂着一块木板，粗略地写着这几个字：禁止入内，危险。然而，提波和提卓力早已消失在深处。

先前经历过生硬的碎石子铺成的道砟，现在反倒觉得这里的地面出奇地柔软，富有弹性。我们走在一些枯树枝上，准确地说是一捆捆像地毯一样覆盖地面的柴束。空气仿佛是凝固的，凉爽而潮湿，此外，如果停下来侧耳倾听，还能听到远处传来流水声。那兄

---

① 苦路：指耶稣身背十字架走向加尔瓦略山经过的一段路。

弟两人各点一支蜡烛，举过头顶，继续向前行进。然而随着进一步深入，蜡烛发出的光若隐若现，小得几乎看不见了。眼见黑暗即将把我们吞没，我们不得不停下脚步。回头看去，隧道入口已经变成一个拱门状的亮点。“我们应该很快就可以看到出口了，”提波说，“隧道是笔直的，我知道。”我们继续向前走了几步，但黑暗把我们完全笼罩住，还是阻止了我们的脚步。提波把他的蜡烛交给他兄弟。“我去收集一些木柴来做个火把。”溪水潺潺流动的声音越来越响，空气也愈加潮湿，我们沉浸在一片令人心平气和的阴凉中。不可思议地，我感到离自己家，离学校，离一切造成我不幸的变故远得不可思议。“当我们死去的时候应该也是这样的吧。”我想。不远处传来一阵劈劈啪啪的声响，接着突然出现一道光芒。提波挥舞着一捆点亮的树枝，“我们走吧！”于是，我们重新出发前进。地面现在微微向下倾斜。头顶的拱穹闪耀着潮湿的光芒。一个白色的东西轻轻擦过我们头顶，然后消失不见。“是天使！”提卓力兴奋地认为。但是才一会儿，我们又需要停下来了，而且这次几乎是必然的。因为出口的拱门坍塌在我们面前，形成一大块掺杂着石块和泥土的障碍，上面激流涌动，发出劈哩啪啦的声音。“这应该就是侵蚀隧道的水源了。”提波理智地观察道。提卓力跪在地上，把手放进翻腾的水中。接着，半转身子，他往我们身上泼了一把水。火炬熄灭了。我的脸上淌着水。我们本能地往原来的出发点走去。穿过无边的黑暗，对面有一个极小的光点。“这一次我们只能往回走了。”我说。突然一阵不安紧紧地抓住我。明亮的洞口发出红色的火光，同时一股呛人的味道向我们袭来。“柴束！我们点燃了柴束！快跑！”我用手拽着两兄弟，奋力向前奔去。地面相当湿滑，但更重要的是，伴随着我们的前进，烟雾越来越浓。我明白我们即将要穿越一整片地毯似的火焰。一切就取决于它的规模了。提波和我，我们安稳地穿着鞋，而提卓力却赤脚穿一双凉鞋。当他叫喊着他疼时，我们已经看不到对方了。我把他夹在胳膊下继续前进，小心翼翼，害怕一不小心便会跌倒。那个火焰地毯出现在我们面前。我大致判断了一下它离隧道入口的距离，不超过三十米。我加速前进，提波紧跟在后面。在一片浓雾中我们闯入阳光下，就像年轻的希伯来人沙得拉、米煞和亚伯尼歌在尼布甲尼撒的召唤下毫发无伤地离开大火炉一样①。

然而等待我们的并不是尼布甲尼撒，而是村里的三名警察。他们是被隧道口升起的烟雾吸引过来的，这里本不该有人烟，再加上

---

① 《圣经·但以理书》第三章内容：尼布甲尼撒造了一尊高60肘的金像，并下令全国大小官员聚集起来为金像举行落成典礼。所有人在听到特别的号角乐时都要俯下敬拜这像，违命者将被扔到烈火窑中。但以理的三个同伴沙得拉、米煞、亚伯尼歌不遵王命，王一怒之下，下令把三人捆起来扔进火炉。但三人在火中行走自如，毫发无伤。尼布甲尼撒吩咐他们从火中出来。他们走出来，身上全没有被火烧过的痕迹。

我父亲还向他们报警说我失踪了。我们被烟雾弄得脏兮兮的，脸上满是泪水。转身看向昏暗的洞口，从里面喷出一团团灼热的火焰和滚滚黑烟。我几乎不敢相信我们居然完好无损地离开了这地狱！接着，出现了一幕我永远不会忘记的奇妙画面。在黑色的烟雾和金色的火焰中，一只白色的大鸟挣扎着。那是刚刚飞过我们头顶的大枭。它在原地扑扇了一会儿翅膀，像一只魔鬼般的圣灵鸟，然后，它挣脱出来，升起，飞过我们的头顶，消失在茂密的树林深处。有一刻甚至能够看清它扁平的面部和转向我们的圆圆的眼睛。就这样，由于我们的过错，这只密涅瓦①的鸟，没有如哲学家所言的那样，摆脱它熟悉而惬意的黑暗，飞向晨曦，而是狂热地逃向正午的阳光。

接下来发生的事有些伤感，寥寥几笔便能带过。在宪兵队的押送下，我们先回到露西家，将兄弟俩交还给露西。接着，我又被带到我父亲那儿。时至今日我才明白，自母亲抛夫弃子独自离去后，我的离家出走对父亲意味着怎样的崩溃。他的反应粗暴并且毫不含糊。我得知自己将会连夜被送往卡奥尔，在耶稣会士那里寄宿并完成学业。很多年过去了，我才得知他是怎样报复我母亲和露西的。对付露西，他只需简单地状告她诱拐未成年人。由于刑法第三百三

① 密涅瓦：罗马神话中的智慧女神。

十三条的规定，她的教师资质大大加重了最终法院判决。至于我母亲，在随后的七年，我无从得知任何关于她的消息。直到十五岁，我才从父亲口中得知她沉寂多年的原因。当年的离婚案法庭最终裁决为女方过失，尽管如此，我父亲依然答应按时给母亲一份不错的补贴——多亏了这补贴她才能供养她的情人——但条件是她必须与我断绝一切联系。哪怕是一次探望、一封信，都意味着按月支付的补贴会停止发放。她一丝不苟地执行这些合约条款，对我的呼唤请求报以彻底的沉默。要知道对一个敏感的青少年来说，这样的情况会激起他多大的仇恨啊！不管是对我父亲还是对我母亲，我都感到深深地厌恶。唉，他们就这样欺骗了我，他们就这样联起手来制造了我的不幸！直到二十三岁的一天，我遇到一个能够相伴终身的女孩，才走出这少年时期的阴影。

然而就在两年前，我还好奇地四处打听露西的下落。有一次回家看望父亲，我顺便到那条废弃的铁路上走走。道口看守员的房子里后来住进一户不认识的人家。一只黄色的狗吠叫着猛冲向我。我驻足不前，不忍心继续走往隧道入口处。不过我遇到一个邮递员，他告诉我说，从露西一家五个成员分别的通信地址来看，他们应该早已经四散各地。他把露西和尼古拉的地址留给了我。露西在博讷女子中学任教，而尼古拉则在第戎的一家工业绘制作坊工作。很明显他们分手了。

我打了一通电话给博讷中学，表明我要去拜访露西。她在自己的办公室里接待了我，办公室看起来既严肃又活泼，应该是照学生家长的意愿布置的。我初一时心目中的女神哪儿去了？道口看守员之家可爱的邋遢鬼哪儿去了？在我十岁的那个夜晚，她那跌宕起伏、让我感受到幸福的胸、腹以及臀部哪儿去了？露西变得完美无瑕，无可指摘，稳重干练。拉直的头发，亚光的妆容，干瘪的长方形眼睛，一件剪裁优雅的正规灰色长衫上开着一个细麻布的小圆领，她就像一个豪华的修女。我上上下下打量着她，试图从这个上了釉似的假人身上找回我曾经深爱的那个热情奔放的女人。

她不可避免地提到过去，按照她的话说，那是一段浑浑噩噩的日子。她终日被一些幻觉纠缠，差点迷失自我。幸好一位医术高明的医生——说实话，相对于医生而言还不如说他是一个神修导师——使她重新看清了自己。这是一次净化，一次对她身上所有污浊不洁的东西的洗涤，最终使她变成了一个崭新的女人，率直、干练、健康。在中断了两年教育生涯之后，她重新返回学校。不过这次是以更高的水平出现。“管理班级”对她来说再也不成问题。什么是班级呢？一个有三十个头六十只脚的大怪兽。一个会动、会笑、会手舞足蹈、会窃窃私语、会四处乱抓、会睡觉、会做梦的怪物。除此之外，它的性情难以捉摸，让人无法预料，对季节、对雷雨、对炎热、对寒冷非常敏感。教师被这个怪物包围，一会儿仿似掉入严寒的冰窖；一会儿又如同深陷酸液，遭到四面八方的攻击；又或者那是一道让人无法承受的眼神，从一群懒洋洋的人堆中射出，对她催眠。长久以来，体罚构成了教师和学生正常的身体接触。这是一种合理的身体接触，有逻辑可循，但同时它也洋溢着施虐与受虐狂般的情感。在从前那个太过于人情味，仅仅依靠语言交流无法解决问题的人际关系中，它是一道必不可少的安全阀。可是这样的做法已经过时了。如今，即便一些家长毫不犹豫地要求老师在必要时狠狠揍他们孩子一顿，即便一些孩子，大概也意识到和老师的这种不完整的关系，乞求被痛打一顿，作为老师，他也应该知道要拒绝这些诱人而又危险的请求。

事实是，教育正不可避免地变得没有人性。而这是合乎逻辑的。因为对孩子来说，家庭和学校之间横亘着一道彻底的断痕。学校并不是一个大家庭。家庭，是生物学领域，遵循情感导向，屈服于为情所驱的力量。统治那里的是不平等，是混乱，是感情上的任性。有时我们试图控制这种混乱。在餐桌上遵守规矩，在某些场合用“您”称呼，禁止乱伦——禁忌中的禁忌(然而却经常悄然地被触犯)，人们做了如此多的尝试，只是为了在家庭这个兽笼中引入一些训练。当一位母亲又恰巧是自己孩子的老师时，问题尤为棘手。这正是露西遇到的情况，而她极尽所能强迫自己分清家庭中“母亲”和学校中“老师”这两个角色。因为只有学校才有真正的秩序，它自恃拥有这唯一的公平。所有的学生在规定面前都被一视同仁，重要的只有学习和纪律。一个在家中遭遇不幸的孩子会说："没人喜欢我。"而一个愤愤不平的学生则会叫道："这不公平！"通常这出自同一个孩子之口，而且他完全明白这两者之间的差别。

我听着露西的叙述，平静、客观、直白。我看着她，玻璃般的女人，透明、冰冷、没有色彩。啊，她的神修师，他把她彻底洗涤、冲刷、脱水了！她怎么会变成现在这样的？她又将要变成什么样子呢？她在谈话接近尾声时发表了自己对教育事业的看法，恰恰是对第二个问题做出的回答。"现代教育发展的必然结果，是电脑，"她对我说，"是机器人老师。它们没有丝毫情感，所以会无限地耐心、客观。把任何小孩放在它面前，它都能综合考虑那个孩子的特性，他的缺点以及优点，然后按照合适的节奏灌输给他课程知识。"她的工作目标就是要无限接近这样的理想状态……

当这次会面接近尾声时，我有些头晕。我不停地问自己：她是怎么变成这样的？除此之外，还有其他一些围绕着她的谜团：我被软禁在卡奥尔之后，她的家到底遭遇了什么变故？为什么她会和尼古拉分开？显然，我希望稍后能从尼古拉那里得到一些线索。几天后，我打电话到工业设计办公室找他，他在那儿做绘图员。他告诉我说他不能确定过多久能出来见我，但是他一旦有空就会立刻回电话给我。他记下了我的地址。两星期后，我收到一封来自他的信，里面几乎回答了所有我想问的问题。之前，露西在谈话中强加给我的“您”这个称谓让我感到心灰意冷。如今，这封措辞热情、亲密的信彻底让我宽慰，消除疑虑，放下心来。

亲爱的安布鲁瓦兹：

自从我们都被牵扯进那个可怕的事件之后，你现在终于走出来了。从我们简短的电话交谈中我了解到，你对我家发生的事情一无所知。因为你的父亲将你与过去的生活环境完全隔绝，而且我怀疑，即使你已经跟露西谈过，从她那里你也得不到什么信息。但你知道你的父亲以诱拐未成年人的罪名起诉了她。你天真地描述了那晚在她怀中度过的情形，却不知这恰恰加重了她的罪行。唉，是呀，你以为呢！人们当然会添油加醋，再给她套上性侵犯的罪名，夸大这个案件。就这样，我们的露西被第戎学院辞退，移送到刑事法庭，并被判入狱。我该怎么办？我们的孩子们、朋友包括我自己，我们都准备好对这件蠢事一笑置之。然而露西却从此意志消沉，一蹶不振，让我们颇为担心。不，她并没把这当成一桩不值一提的小事，完全没有！她不说话，不吃饭，也不动。她整日整夜地把奥尔嘉抱在怀里，盯着某个地方看（奥尔嘉，你或许记得吧，就是露西的宝贝玩偶）。可以说在她的生命之船即将沉没时，这个玩具娃娃是她唯一的救命稻草。我立刻给她找来一名医生，或者说是一个心理咨询师，我也不清楚。他过来之后，想要尝试着和她沟通，但是被她拒绝了。他觉得依她的病情，应该每周两次到他的诊所接受治疗。离开前，他对我说："这个玩偶是问题的关键。"尽管我对他仍然半信半疑，但我还是为之一振。这正是我长久以来怀疑的。所以，我同意按时带露西去博讷接受治疗。每次他大概会留她一个小时，然后我再把她带回去。随着治疗的深入，渐渐地，我一点一点注意到疗效，亲眼看着露西慢慢走出缄默。最初，这让我非常开心。那个形如枯槁的人又活了过来。在此期间，由于第戎学院的介入，你的父亲撤销了控诉，检察院也不予起诉，所有一切看起来似乎都在重归正轨。就在这个时候，我察觉到露西的一种转变，起初我对此感到惊讶，紧接着，就变成了绝望。至于露西在我眼皮底下一周一周的变化、重生，无须我多言，你自己也已经亲眼看到了结果。有一天，从博讷回来，她对我说："我们先回家一趟，然后去孔马兰吧。"我没有问她为什么，照做了。她走进家门，然后很快又出来，手里拿着一个盖着的柳条篮子和一把铁锹。你能想象我当时有多困惑。就这样，我们到了孔马兰。可能你也知道，那是她的故乡。她对我说："向左拐去墓地。"我们把车停在栅栏前，下车往里走，她径直朝向一个坟墓走去。我惊愕地发现墓碑上刻着：露西。我妻子的名字居然出现在这里，就在我身边！嵌在石碑上的还有一张小女孩的照片，可能是露西八九岁时的样子。就在坟墓基部有一块用来放花的长方形草地，她拿起铁锹挖了起来，在那里挖了一个小坑。接着，她打开篮子，从里面掏出奥尔嘉。“问题的关键”，心理治疗师如是说。篮子里还有一块白丝绸披巾。她用披巾包住玩偶，就像裹尸布一样，然后把它平躺着放入坑内。最后她填上土，并仔细压平表面。结束了。露西刚刚在露西坟墓的脚边埋葬了露西最心爱的玩偶。我真不知道自己是撞了哪门子邪。我们静静地往回走，我没有多问一句。露西似乎明白我沉默顺从背后的疑问，答应稍后给我一些解释。这让我可以在后来的日子里婉转地询问她更多细节，并最终重新构建出她整个神秘的身世，一个我作为她的丈夫却完全忽视了的故事。

她是一对小商贩夫妇的独生女。她的父母继承了祖上在孔马兰的一家针织品店。我也说不出为什么，在我看来，这个生意绵软而又精打细算的氛围与这些人沉闷、病态、忧郁的行为倒是非常吻合。当露西有一次偶然在公墓里发现一个带有自己名字和相片的坟墓时，她大概才九岁。这一发现对她的打击异常沉重，但是她没有对自己的父母透露半个字。毫无疑问：她已经死了，被埋葬了，命运宣告终结，就像故事里的鬼魂一样，肉身已灭，留在地面的只不过是一具飘渺虚假的幽灵。“其实这也没有那么不舒服，”她对我解释说，“我感到很轻松，对凡事都不需要负任何责任，可以把任何人任何事都不当回事儿。”她生活在一种阴郁的迷醉中，一边继续着日常生活，一边定期到自己的坟墓前送上一束花。

这样的情况大约持续了两到三年，直到有一天，事实突然摆在她的面前。在屋顶阁楼上有一个精心上锁的大箱子。露西成功地拿到了那把箱子的钥匙，于是她开始探究箱子里的内容。那里盛放着一段逝去的时光，所有关于露西的痕迹和回忆，只不过是另一个露西。箱子里有一些衣物，一些玩具，一个玩偶(奥尔嘉)，还有一大本相册。从一捆药方和一张附有葬礼通知信的埋葬证可以看出，那个露西在九岁的时候死于一场流行性脑膜炎。显而易见，她的父母把所有能够唤起对已经失去的第一个女儿的回忆的东西都埋藏在了这里，从此再也不去触碰它们，同时也为了给另一个露西腾出一块地方。我的露西，我们的露西，她只是一个候补，替身，在她姐姐生病去世的同一年出生，独自开始自己人生的旅途。

现在你明白奥尔嘉是谁了，为什么露西在把它带回自己的房间之后，会寸步不离，一刻都没有停歇地悉心照料它、爱护它。因为这不仅是她死去的姐姐，被死亡关在永恒的童年里的姐姐，而且又是另一个自己。她对它倾注无限关怀，希望借此能驱散或驯服她每走一步路脚下展开的阴影。这个模式令人钦佩，在这十年之间，她给这栋道口看守员的屋子带来了绚烂而不竭的幸福。惊人、丰富，但同时也很脆弱。这幸福就像一堆积木，大胆、优美、神奇，但却不够稳固，时刻受到威胁，更何况它处在清醒的意识和昏暗的心境的边缘。

我是第一个得益于此的人。我原本只是个资质平平的素描员，是露西把我变成了一名画家，作品你也看到过。或许在我死去多年后，后人们会在某一天发现它们。实际上，我只是在重现那些露西散发出来的色彩。“虹彩”，在一次对话中，我偶然听到，并迅速辨认出这个词来。一个来自希腊语的词，意思是彩虹。所以我的油画都有一个特征，就是再现彩虹的色彩。露西是从哪儿得到这虹彩的灵感呢？我会毫不犹豫地回答：它来自于笼罩在露西身上的阴影，另一个露西，那个不复存在的露西，后来又转化为奥尔嘉这个睡眼曚眬的玩偶。但再一次地，这样的构造显得不堪一击。这是她持续了如此长时间的奇迹。露西将她的虹彩一层一层展示给学生们看，就像一把温柔的折扇缓缓打开。她并不遵循学校的规定，和女孩子们一起时太过亲密，和小男孩在一起又太过母性，和大一些的男孩在一起却又过于女人。这样的情况不可能持续多久。更何况，还有她自己的孩子们，索菲对她母亲挑剔的眼光，青春期作祟产生的小情敌心理，还有提波越来越放肆的行为，以及提卓力对他的模仿(隧道事件不过是他们众多事件中的一宗)。至于我，一个碌碌无为的画家，靠自己的妻子养活……你完全不需要责怪自己，这不公平。你的离家出走和你父亲的粗暴行为只是加速地摧毁了一座原本已经摇摆不定的建筑。是那个心理医生给了她致命一击。自从第一次治疗开始，我就停止了作画。往后，我还能画些什么呢？虹彩已经幻灭。我只能再次回归年轻时的素描，仅黑白足矣。如今，我的工作是绘制一些发动机的图纸。与我之前画作的主题——狂热的海水，以及沼泽的黏液——相比，还有什么比这些图纸更加离谱的呢？但或许从另一个角度来看，这也不失为一种忠于露西的做法，一种与崭新的露西保持一致的做法？因为现在的我也与她一样，不再用阴影或色彩构建光明。就这样，我们都变了。而你，你在我眼中始终是一个患难与共的朋友，因为我们曾经一同行走在魔林神圣的树影里。如今它在我们身后闭合了，留下我们独自暴露在残酷的光天化日之下。我们应该学会翻开新的一页。为了继续生活下去，我们要坚强。

尼古拉

翻开新的一页。把我们曾经一同穿越过的神圣树影抛诸脑后。我用尽全力拒绝、抵抗。这片阴影，我已经永远地把它关在心里，而提卓力在隧道深处用长期处于阴影下的水为我举行的洗礼，在我身上烙上了永恒的印记。那只从一片咆哮的滚滚浓烟中一飞冲天，奔向太阳的密涅瓦的白鸟，将永远象征着我。

站着写作

一名来自克莱希库尔监狱中心的访客对我说："我们那儿的犯人，虽然他们的确都干过些伤天害理的蠢事：制造恐怖活动、劫持人质、持械抢劫等，但是自从被关进监狱，他们大部分时间都在细木工场老老实实地干活。除此之外，他们还阅读了一些您的作品，并且希望能够有机会和您面对面交流。"于是就这样，我鼓起勇气，踏上这条通往地狱的道路。这已经不是我第一次去监狱了。当然，每次去那里都是以作家的身份，和一群特殊的热心读者，特别是一些年轻的在押犯人交流思想。对于这样的座谈会，我心里仍然留有一种难以承受的苦涩回味。我对七月里一个晴朗的日子印象尤为深刻。那一天，我和一群几乎与我年龄相差无几的人交谈了两个小时，然后走出监狱，重新回到车上，自言自语道："现在，他们将被送回自己的牢房，而你呢，你却要去花园里和一个朋友共进晚餐。怎么会这样？"

回归正题。一抵达克莱希库尔监狱，工作人员就没收了我的一些证件，而我则作为交换，得到一块编上号码的牌子。他们用金属探测器在我衣服上扫了一遍，接着，一些电子控制的大门被打开，又旋即在我身后关上。我通过几道闸门，笔直地穿过仿佛上了蜡的通道。接着，我走入绷着铁丝网的楼梯间，“这是为了防止他们自杀”，看守员对我解释。

犯人们集合在小教堂里，其中有一些看起来确实很年轻。的确，他们看过一些我的书，也从广播里听到过我讲话。“我们是做木工活的，”其中一个对我说，“我们想知道一本书是怎么完成的。”于是，我讲起编撰书稿前的一些前期材料搜集、外出旅行采风，然后独自在桌前度过漫长的几个月伏案奋笔（手稿 = 用手写出来的东西）。一本书，它的产生过程就像一件家具，通过把一些零件和碎片拼接组合起来，最终成形。这个过程需要时间和细心。

“是的，但是一张桌子、一把椅子，我们知道它是用来干吗的。一个作家，有什么用呢？”

确实，这样的问题应该被提出来。我对他们说，我们的社会时时刻刻受到一些阶级、组织力量的压迫和威胁。所有权力机构——政党、司法或行政——都是保守的。如果说没有任何东西来平衡它，那么就会形成一个停滞不前的封闭社会，就像蜂巢、蚁穴或白蚁窟。到时候再也不会有真正的人性，换句话说就是，人与人之间不会出现意外，也不会有创造。作家的天职就是借由他的书籍点燃人们对现存秩序的思考、争论和质疑的火炉。他坚持不懈地发起反抗的号召，提醒人们社会需要适当的混乱、无秩序，因为如果没有创造力的话就没有人类，而所有的创造力都会制造麻烦，打乱社会秩序。这就是为什么作家会这么经常地被起诉或者受迫害。我可以列举出一堆例子，弗朗索瓦·维庸，坐牢的时间比在外逍遥的时间还长；杰曼·德·斯戴尔向拿破仑政权挑战，拒绝为了讨好这位暴君写哪怕一句归降的话；维克多·雨果，在他的小岛上被流放了二十年。还有儒勒·瓦莱斯、索尔仁尼琴，以及其他一些作家。

“作家应该站着写作，绝不能跪下。生活就是一项工作，应该永远站立着完成它。”最后，我总结道。

他们中的一个人用下巴指了一下我纽扣孔上细长的红丝带。

“那这个呢？这难道不是一种归降吗？”

荣誉勋章？据我所知，它是对一名循规蹈矩的公民的奖赏，只要他按时缴税，不干扰邻居生活。然而我的书，它们则没有得到过任何奖励，这仿佛成了定律。我向他们引述了埃里克·萨第的一句话。这是个默默无闻的音乐家，穷困潦倒，十分厌恶光芒四射的大音乐家莫里斯·拉威尔，指责他窃取了原本属于自己的显要职位。有一天，萨第惊愕地获知拉威尔被授予十字勋章，却被他拒绝了。于是他说：“尽管拉威尔拒绝了荣誉勋章，但他所有的作品都欣然接受了这一奖赏。”这个评价是十分不公平的。但是，从另一个角度来说，我倒认为一个艺术家，只要他的作品拒绝迎合这些荣耀，他自身完全可以接受所有应得的奖励。

会后，犯人们各自散去。他们向我保证一定会给我写信。对于这一点，我完全没有放在心上。然而我错了。他们甚至做得比这更好。三个月后，一辆来自克莱希库尔监狱的小卡车停在我家门前。工作人员打开后车门，从里面抬出一个沉重的斜面书桌，由实心橡木制成。那是一种桌面被抬高的书桌，从前，不仅公证人书记会伏在上面记录，还有众多作家也偏好在这样的桌子上写作，如巴尔扎克、维克多·雨果、大仲马。它刚刚从工场里被生产出来，依然能够闻到上面的木屑味和蜡味。跟它一起送来的还有一张简短的字条，上面写着：“为了站着写作。来自克莱希库尔的犯人们。”

公路幽灵

从加斯科涅返回巴黎，我在奥尔良入口驶上A10公路。一会儿工夫，我就看到公路一旁有一块停车场，旁边还有餐厅和加油站。餐厅位于横跨公路的一架有屋顶的天桥上。于是我把车开到天桥脚下，在一栋鲜艳的黄色小房子旁找了一块空地停车。房子里有一个同样穿着黄色衣服戴着黄色帽子的年轻女人，正在烤一些散发着刺鼻香气的小香肠，并把它们放在纸盘子里出售。我从车里走出来，犹豫了一会儿。吃不吃香肠呢？最终，这浓烈的气味让我打消了这念头。我走上天桥的楼梯，在那儿发现了一家自助餐厅，旁边放着一些报刊，还有一个卫生间，对于一个长途跋涉的人来说，这是再好不过的了。我饱餐一顿，又喝了些饮料，在天桥上逗留了很长一阵子。接着我又踏上天桥阶梯，往下走。那个黄色小房子依然在那儿，还有同样一身黄的服务员以及她的烤香肠……但是房子旁边我的车却不见了。我的宝贝汽车，居然消失了，不见了！最初，我感到头晕晕地像是被重击了一下，接着又产生一丝怀疑。我确实把车停在这儿了吗？于是，我顺着一排排停放整齐的汽车搜寻它的身影。什么都没有。这真是一场突如其来的灾难。我把我的行李、文件，所有的一切，都留在了车上……怎么办呢？我回到黄房子那儿，晃动着钥匙圈上已经没有任何用处的车钥匙，带着人类状态中全部可以用来表示气恼的表情不知所措。那个烤香肠的年轻女子大声喊道：

“您在找您的汽车吗？”

“是的。您看到有人把它偷走了吗？”

“没有，但是我知道它在哪儿。”

“您知道它在哪儿？”

“对。在公路的另一边。您是从外省来，要往巴黎去是吗？”

“是的。”

“您现在在巴黎开往外省的这边。从天桥到公路另一边去吧。”

我对她表示感谢，仿佛她又重新给了我生命，接着我又往天桥走去。在天桥另一边，楼梯脚下，我又发现一栋黄色的小房子，里面一个穿戴黄色衣帽的年轻女人正在烤小香肠。而我的车则乖乖地停在那里，昏睡着，十分忠诚。

你对着镜子打量自己。你非常平静，所有一切都井然有序，你的领带、你的头发分缝、你的笑容。但是突然，这个笑容，它消失了。因为你注意到一个令人不安的奇异细节：你戴在左手腕的手表，是的，它还在那里，指针也在动着。只是镜子里却没有。那个映射出来的人，确实毫无争议是你自己，但是他却没有戴腕表。

同样，我想到一个传说。吸血鬼是一群原本与你我极为相似的人。只是，如果你和他们中的一个一起站在镜子前，你能在镜子里看到自己，而吸血鬼，则不会被映射出来。

我的汽车正是一辆吸血鬼汽车。在镜子的另一面，同样也有楼梯、烤香肠黄房子、穿戴黄色衣帽的年轻女子，仿佛现实中一样。只是汽车不见了，一丝痕迹也没有。

危险的怜悯之心

怎样才有资格成为一名医生？怎样才能在每天出于职业需要接触一些伤残、垂危病人时，不在精神上被他们散发出的病态气息感染？需要怎样的防御才能躲过这不幸的蔓延？

很多年前，当我还住在德国时，这个问题以一种悲剧命运的形式摆在我面前。Multiple Sklerose。①这一对带有法国异域风情的词与一名医生有关，而这个残忍的疾病就是他的专业。老实说，这个医生也不过是位普通的丈夫。与他相识缘于一次拜访，我陪一个钢琴家朋友去看望他的朋友，也就是那位医生的妻子。我们聊了一会儿。她曾经是我朋友强有力的对手，早在音乐学院，她就表现出惊为天人的才华。只不过后来，为了结婚，她放弃了钢琴家这个职业。至少这是一开始我自以为了解到的。

那个医生比他的妻子年长很多。这一点更能从他弯腰驼背的身

---

① 德语词，指多发性硬化症。

材看出来，而不是他的脸，他的脸保有一种年轻人的好气色，尽管看起来有些脆弱，甚至忧伤。这与他那闪耀着健康、激情，以及对生命的热爱的年轻妻子形成鲜明对比。她在钢琴前坐下，为我们奉上一台激荡人心的钢琴独奏会，让我久久难以忘怀。

“这是怎样奇妙的夫妻组合啊！他们在自己的领域如鱼得水，呼吸着怎样的幸福啊！各尽其职，表现得多么幸福啊！但是我总觉得这幸福是一种有点特殊的幸福，准确地说是悲剧的幸福。”当离开她家，重新和我朋友单独在一起时，我叫道。

他悲伤地笑了笑，把我点醒。或许他们是幸福的吧，但这确实是一种特殊的幸福，准确地说是悲剧的幸福！当年轻的女孩第一次感觉到视力模糊不清，平衡出现紊乱时，她的心被无情地撕裂——这些症状恰恰预示着多发性硬化症。她不得不放弃自己钢琴家的职业。她的意志渐渐消沉，跌入无法挽回的颓废。她的主治医师无法忍受这个患有不治之症的天才艺术家自暴自弃，于是，尽管他已经结了婚并且是几个孩子的父亲，他还是抛弃了自己的妻子和孩子，以便全身心地照料她。作为医生，他在她的病情面前已经无能为力，于是他便将她娶回家，终日陪伴左右，一分钟都不离开。他甚至说过，他已经下定决心到死也要追随她。

怎样才有资格做一名医生？有些人恰恰不适合成为医生。为免情绪受到病人影响，跌入低谷一蹶不振，医生们便故作冷漠，用安全罩把自己保护起来。然而一旦遇到太过猛烈的冲击，安全罩便会破裂。痛苦随后悄悄渗入。危险的怜悯之心侵袭每一根神经，如同毁灭性的激情。

Passion(激情)，patient(忍耐)，possif(被动)，pathologique(病理)， pathétique(感人)。有时，这五个词在词源学上的共同之处被现实中真真切切发生的事情残酷地揭示了出来。

星空下的乞丐

那是……我也记不清了，大概已经过去好几年了吧。在印度，我们总是晕头转向不知所措。那是个能毁灭一切的国家。面孔、身体、鸟儿、记忆，以及时间、日期。在欧洲最黑暗的严冬时，我和卡尔做出了一个决定，离开欧洲，向东出发。奢华的远东！

旅途中我们停靠过德黑兰：阴沉多雾。随后到达新德里：寒冷刮风。我们马不停蹄，迅速前往南部：加尔各答。一阵热气扑面而来，这让刚刚从严寒中逃出的我们感到无比惬意。我们还是没有看到裸露在外的身体。一般来说，印度人是没有身体的。那是一张上了漆的脸，上面嵌着一对明亮的眼睛，饱受灵修摧残，从裹着纱丽的身子上方探向你。身体接触在这里被完全禁止，同样禁止的还有抚摸，尤其是挑逗行为。这规矩如此严格，以至于那些轻盈的印度女人，如同玩偶一般，用纱丽把自己团团裹住，完全没有留给别人一丝遐想的空间。不，印度人消瘦的身体没有任何吸引人或激起人欲望的地方，而这身体本身也显得缺乏欲望。

随后，我们的身体开始微微出汗。当我们被自身的重量、潮湿、黏腻搅得心烦意乱时，又怎么会渴望别人的身体呢？显然，印度是一块贞洁的地方……

然而，在加尔各答，人体又是随处可见的，到处都有，根本无法摆脱。站着，蹲着，但最常见的还是睡觉姿势，横着、竖着、交叉着。印度人中的下等人没有自己的住房，夜间，他们就在白天生活的地方——工作或是行乞的地方——睡觉。司机在他的出租车里，电梯操作工在他的电梯里，蔬菜贩在他的小推车上，屠夫在他的肉铺里。清晨，人们站起身来，非常坦然地在阴沟洞边大小便。在这里，色情的缺乏被平衡了，正如经常发生的那样，它通过一种过度淫秽的粗俗被平衡了。

从第一天开始，我们就在乞丐面前遇到了一个棘手的问题。我们怎么忍心什么都不给他们呢？但是又要怎样做才能在施舍他们的同时不引起骚乱呢？因为印度的乞丐一旦受到施舍，就会出于一种值得赞扬但同时又会引起麻烦的团结精神，立即通知他的同伴。接下来呢，就是一大帮乞丐朝着这倒霉的施舍者蜂拥而上。“我刚刚做了一个非常糟糕的举动，”阿纳托尔·法朗士曾经说过，“我向一个穷人施舍了一些财物。”

一开始，卡尔想出了个办法。在飞机上，空姐曾经分发给我们一些罐头，里面装着少量小点心。后来偶然地，我们在旅行包角落发现有一罐落在里面了。当时正好有一群骨瘦如柴、皮包骨头的小孩走在我们前面，于是我们把它送给了其中一个。不过那时，我们离宾馆还很远，而且这个罐头的包装也还算结实，让我们有时间可以迅速离开，消失在人群中。这次尝试非常成功。那个孩子一脸困惑地接过罐头后，弯下腰一屁股坐在脚后跟上，费劲地打开这个紧紧缠绕着金属条的盒子。当我们溜走的时候他还在忙活呢。

从那以后，我们每天都会花一部分时间采购食物，把它们打包起来，然后在我们闲逛的时候随手分发出去。

这个办法奏效了三天。紧接着，灾难在第四天降临了。从一大清早开始，我们透过宾馆的窗户就能看到乞丐们的身影。十来个小孩在宾馆对面望风，与保安保持一段安全距离。这时，印度的电信系统帮了我们大忙。我们打了电话，没一会儿就有人过来接我们。但是，我们必须从后门离开，而且当然了，必须两手空空。然而，这样做并没能使我们免于遭受这些乞讨者不知疲倦的围追堵截。啊，那些恐怖的行为，有些人挥舞着骚动不安的拳头，张大嘴巴叫嚷着："吃饭！吃饭！"还有些人掀开短袖衫，露出骨瘦嶙峋的上身，甚至有一个瘦小的女孩伸直胳膊，举着手中的婴儿！怎么办呢？是啊，该拿这些加尔各答的乞丐们怎么办呢！但是最可怕的，是人们最终习惯了这悲惨的合奏曲，以至于可以无动于衷地接受一名衣衫褴褛的算命师因为自己被忽视而激怒，发出咆哮般的咒骂，或者轻蔑地接受嚼烟溅出的红色液体。

一天傍晚，宾馆餐厅为我们准备了一个惊喜。一些五彩灯笼组成的彩带从柱子的这一头延伸到那一头，桌布上摆着一些松树枝，在这样的国度，这显得极具异域风情。我们询问服务员这是为什么。“Christmas，先生，Weihnachten meine Herren，Noël①…”他模仿普罗旺斯人愉快的腔调解释道。哦，我的天，是啊！我们根本没有留意到十二月二十四日的临近，而且毫无疑问，就在今天！这些印度人的这番精心准备，真是让我们这些来自西方社会的野蛮人感到受宠若惊。

然而，卡尔却显得有些忧虑。

“你在想什么呢？”

“想豪拉大桥。”

确实，这座横跨胡格利河的宏伟的金属大桥，给我们留下了难以磨灭的印象。无边的桥面上布满密密麻麻的人群，仿佛蚂蚁窝似的，行人、自行车、三轮车、母牛，以及马匹，其间还分布着大概一百多辆仿佛永远被黏住动弹不得的卡车和汽车。

“我打听到一些情况。造成此般可怕的交通状况，一部分是由

① 第一句是英语的圣诞节；第二句为德语，指圣诞嘉宾；后一句为法语的圣诞节。

于河右岸附近有一个重要的火车站。”

“我想到的是我们在桥下看到的情形。”卡尔说。

至于那个，起因于我自从住在巴黎起一直延续下来的习惯。我曾在巴黎的圣路易岛住了好几年，每晚我都会沿着塞纳河堤散步，和一些在玛丽桥、路易·菲利普桥和图尔内勒大桥下过夜的流浪汉们都混熟了。今天我们在加尔各答散步时，豪拉大桥的人潮硬生生地把我们挤出桥面，于是我对卡尔说：

“你觉得下面怎么样？我们去桥下看看！”

要在这堆又脏又乱的破房子里找到一条通往河畔的蜿蜒小路绝非易事。唯有地面的倾斜与潮湿可以告诉我们，离胡格利河不远了。硕大的老鼠们从脚前窜过。我们踩碎了一些根本不愿去想是什么的软东西。我们绕过一些不成形的木棚，低矮的黑色帐篷与抬高的楼板，其间布满从头到脚裹着黑纱的人，仿佛停尸间。偶尔，一张神情恍惚的脸抬起来看向我们，一瞬间便消失，或是一只钩形的手从骷髅般的胳膊末端伸出。突然间升起一股呛人的橙黄色烟雾，让我们止不住咳嗽流泪。那是夜幕降临，温度降低，这些衣衫褴褛的印度人生火取暖。他们分成几组围绕在一堆堆火堆边，烧一些废纸、破布、废皮果壳、粪便，以及其他说不出名字的东西。

“到底有多少人？”卡尔低声说。

没有意义的问题。不如说是惊叹句。这里的人比一个营还要多，简直就是一座藏匿于拥挤的桥面下的地下城，就像躲在蚂蚁窝下面的又一个蚂蚁窝。早在我们还在这条河上游时，我们就瞥见尼姆塔拉-迦特大街上葬礼似的柴堆。幸运的是，当我们从他们身旁经过时，并未被察觉。

“那是因为我们什么都没给他们。”卡尔说。

确实，受到上次教训的启发，我们这次空着手出来探险，而这群悲惨的人仿佛知道这一点似的。这使我想起兰萨 · 德尔 · 伐斯多的《朝拜清泉》一书中一段令人难忘的章节。有一天，他到海里游泳，把衣物留在了岸边。当他从海里爬上岸时，却发现自己的衣物不见了，一同消失的还有他用来存放旅行所需零钱的那个打了结的手帕。他感到一阵眩晕：孤身一人，身处印度大陆的中心，没有一点钱物！接着，他爆发出一阵笑声。他突然明白，自己正在经历一个极为罕见的时刻，上帝仿佛在用事实提醒我们，他才是人类唯一的支柱。从那以后，并且永远地，他的生活改变了。那群印度人不知从何得知了他的不幸遭遇，他们非但不再撩拨他，抢劫他，利用他，反而招待了他，给他衣服以及食物。从此以后，他再也不占有任何东西。我注意到兰萨 · 德尔 · 伐斯多的一句话，就像一句乐观自信的箴言：“一个掉入匮乏的深渊的人，只需张开双臂对着天使微笑，那么他就会漂起来……”

所以在这个四星级酒店的餐厅里，在这个被圣诞夜装饰得五彩缤纷的大厅里，卡尔心中挂念的居然是大桥下露宿的那群人。

“那又怎么样呢？你想干什么？”

“我们回那儿去怎么样？”

“今晚，夜里？”

“是的，我们和他们一起庆祝圣诞节！我们买下所有能买的东西，邀请他们加入我们，一起大吃大喝！”

这就是卡尔，危险而令人敬佩的同伴，往往一时冲动之下就会把你置于可怕的困境中：要么投身于绝妙但却骇人的行动，要么躲起来，心存愧疚。

“既然你坚持，那我们就去吧，”我叹气道，“但是至少先吃完这顿晚餐。”

晚餐很快就草草结束了。接着，我们立刻出发。没有什么比河岸边那些被裹尸布似的白布包裹着的身体更悲惨了。然而在加尔各答，生活从来不会停止，我们毫不费力就买了一堆食物，将之前准备好的篮子装得满满的。卡尔看起来仿佛完全被圣诞夜兴奋的狂热控制。他买了一些散装的椰枣、香蕉、葡萄干、腰果、米粉丸子、芒果、菠萝，甚至几种在油脂和流淌的蜂蜜中滚过的金黄色油炸拔丝。他还冒险往篮子里加了大量的印度嚼烟，一种由烟草、槟榔果和生石灰包裹在一片蒌叶里制成的撩人的混合物。一切准备妥当后，我们向胡格利河的大桥走去。

那里的人群和大白天里几乎没什么差别，而且由于我们俩各需要提着篮子的一个把手，冲破这流动的人群便成了一项复杂工作。在火把和灯笼的照耀下，被撕碎的阴影散落得到处都是，寂静神秘地笼罩着这些步伐沉重、面无生气的男人和女人们，显得有些不真实。

“一群死人，”卡尔低语道，“应该说是一群走向冥间的活死人。”

“或许卡戎①有些力不从心，已经退休了，”我说，“于是在冥河上架起了一座由石头和钢铁组成的大桥。”

一位目光凶狠且身材高大的老人从我们身边经过，没有看我们一眼。他手里牵着一条黄眼睛的健硕的牧羊犬。

“拉达曼迪斯②和塞伯拉斯③，”卡尔说，“这的确是一条通往地狱的路！”

“你还记得在《奥德赛》书里写的吗？奥德修斯想要请教已经过世很久的提瑞西亚斯王，于是他穿越整片大西洋，最终抵达一个可以通往地狱的山洞。在这个决定命运的大门前，他挖了一块大约半米深的正方形土坑，往里面倒入一些蜂蜜和牛奶浇祭，然后是一

---

① 卡戎：希腊神话中的亡灵摆渡人。

② 拉达曼迪斯：希腊神话中冥界的判官。

③ 塞伯拉斯：希腊神话中看守地狱之门的三头犬。

些甜酒，最后再加上少量的白面粉。那些亡者依旧没有现身。奥德修斯只好又屠杀了一头白羔羊和一头黑母羊，将它们热气腾腾的鲜血喷洒进坑里。这时，那些很久没有品尝到鲜血，渴望感受生命的亡灵蜂拥而上，挤到洞口处。奥德修斯用他的双刃剑保护着坑的四周。一场奇怪的战斗。灰暗苍白的死亡军队包围着这个沾满鲜血的坑，而奥德修斯，屹立着，孤军奋战，用他的刀尖挡开他们的攻击！只有提瑞西亚斯能够靠近血坑一解吸血鬼之渴。奥德修斯没有料到的是，他自己的亲生母亲安提克蕾居然出现了。他把她留在伊萨卡时她依然充满生气，而现在他居然在数不清的死亡军团中找到了她的身影。他并不知道，她是在等待他的时候抑郁而死的。他哭了，但是依然用力地把她也推开。因为，只有提瑞西亚斯才能喝这鲜血。”

奥德修斯遇到了蜂拥而上的亡灵，而我们为了到达死亡集中营，则要冲破这昏昏沉沉的人群。但是我们不需要用刀尖把他们推开，我们只需要用尽全力扔给他们一些圣诞夜的食物。这场面像极了一对奇怪的西方圣诞老人，在一群亚洲人中迷失。但我们仍然需要抵达那里……

在绕开桥上的最后一波人潮之后，我们仅需沿着蜿蜒曲折的小路往下走到河畔就行了。在这泥泞黑暗的迷宫中前行，要是有把手电筒该多好啊。我抱怨起自己缺乏先见之明。我们的食物篮子上盖着最新一期《电讯报》，这是一份加尔各答的英文日报，多亏了它，我们才得以见到光明。一页接着一页，卡尔把它卷成火炬点燃，伸直手臂高高举起，带给我们一丝微弱的光亮。不安唤起我们牢记于心的一些熟悉内容。

“听，勃朗宁的《夜之圆舞曲》。”我低声说。

“倒不如说我们这是唐璜和里普瑞落带着骑士的雕像一起去墓地野餐。”卡尔纠正道。

但是，紧接着他骂了一句脏话，因为他突然脚底一滑摔了一跤，跌在地上。他一边呻吟一边重新站了起来。

“野餐至少是不会受伤的。但是有件事情让我感到困惑不解。自从我们离开桥面之后，就再也没见过一个大活人。之前白天的时候，这里都被挤满了，不是吗？”

我什么也没说。我自己也是，被这荒无人烟的情况震惊了。当我们最终到达河岸边时，看到的是与白天截然相反的另一番景象。星空清晰地被黑色的桥面切成两半。完全看不清桥上走向两个相反方向的人群，但是能够听到蚂蚁一般的脚步声。至于桥的下面，这片仿佛冥土一般开阔的空地，却一个人也没有。我们之前发现的流浪者村落，那些低矮的帐篷，躺在地板上的身体，一小堆一小堆紧紧围在冒烟的火堆旁的人，所有一切都消失了。

“天哪，他们去哪儿了？”

“瞧，他们都去吃年夜饭了！”

“他们也太对不起我们的这些食物了！”

“现在该怎么办呢？我们总不能把这些再拿回宾馆呀！”

“照他们的做吧：我们也来聚餐！”

他坐在一个被河水打上岸来的已经蛀蚀了的木桩上，把篮子放在两脚之间。我在他旁边找了块地方坐下。他剥开一根香蕉。

“这是怎样奇妙的讽刺啊！我们双手满满地来到这里，害怕遇到一群疯狂的人，但如今，我们精心准备的礼物却留在了自己的怀里！”

“这和我们想象的相差太远了。你记得卓别林的电影《淘金记》吗？那个不幸的小移民坠入了爱河。当时正值圣诞夜，他邀请他的心上人，以及她的朋友们与他共进晚餐。他为准备点心和礼物花了不少钱。在他的破房子里，他精心布置了一张非常漂亮的餐桌，白色的桌布上还点着一些蜡烛。然而最后，一个人都没有来。他独自趴在桌子上睡着了。”

“是啊，我记得。他做了个梦，梦见这些优雅的女士们都来了，为了取悦她们，他还跳了一段非常有名的圆圈舞。”

“这些难以应付的客人啊。还有那个有钱人可怕的孤独，没有人愿意接受他的馈赠，穷人们宁愿紧紧地围坐在他们干巴巴的食物周围。他们可以互相取暖，而那个有钱人却感到寒冷空虚，面对丰盛的餐桌缺乏食欲。”

“这是福音书里的一则寓言故事，所有故事中最奇特也最残忍的一则。一个有钱人想要好好地款待他的朋友们。于是他给他们发了请柬，并且准备了一桌精致美味的晚宴。到了约定的那个夜晚，一切准备就绪。餐桌铺着绣花桌布，摆满了黄金餐具，闪闪发光。只缺宾客了。主人耐心地等待着。时间一分一秒过去，依然没有人来。他再次派出他的仆人们。过了一会儿，他们一个接着一个回来了，一同带回的还有客人的种种托词。其中一位客人刚买了一块地，必须要去看看；另一个要给五对牛配种；第三个正在筹备婚礼。这栋房子的主人发怒了，他对仆人们说：‘到广场上去，到街上去，随便带一些乞丐、瞎子和瘸子到这儿来。’仆人们照做了。但座位依然没有填满。正是这样的情形触发他做出一件伟大而疯狂的事情。有钱人对仆人们说：“武装起来，再次出发，把你们遇到的路人全都带到这儿来，如果需要的话就用上剑！”没有一位画家有胆量画下这场令人难以置信的晚宴：奢华的餐桌，被忧伤和仇恨吞没的主人以及一群残疾人、乞丐，还有一些后来被武力强制带来的可怜的路人，他们都目瞪口呆被吓坏了。也没有一位小说家敢讲述这难以置信的夜晚随后发生了什么！”

四周非常安静，除了从我们头顶上经过的数不清的脚步声之外，我们什么也听不到。在提到福音书的那个故事时，我曾经说到

“难以置信的夜晚”。但是我们在加尔各答度过的这个圣诞夜，又有谁会相信呢?

天很热。或许我们小睡了一会儿。之后卡尔讲述了一个刚发生不久的事。

“我没有跟你提过。昨天早上，当我独自回到宾馆时，一个服务员正在收拾房间。我的归来妨碍到他的工作，而他也一样打扰了我。过了一会儿，他走到我身边，用手指头碰了一下我的衬衫。我立即用我那口英语和印度语混杂的语言向他解释说，我稍后会把要洗的衣服交给他。他笑着摇了摇头。我误会了。他想要别的东西。他用拇指和食指抓住我的衬衫，把他的另一只手贴到自己胸前。很明显：他想要我的衬衫。作为礼物，或者别的什么！我笑了。这真是闻所未闻，不是吗?一时心软，我答应了他的要求。我重新处于上半身赤裸的状态，而他则拿着我那件被汗浸湿的衬衫离开，满脸洋溢着感激之情。我想到圣人马丁。这个战士用剑将自己的大衣割成两半分给一个穷人，因此被列为圣人。那么我呢，我刚刚可是把自己整件衬衫送给了别人。”

“但是在你的箱子里还有好多件呢。”

“确实。”他一边切开菠萝，一边让步地承认。

又一阵寂静。脚步声。

“行乞。我试图抓住它在两个人之间建立起的关系，”我说，

“之前有一天，我被一个非常漂亮的印度男孩子缠住。他看起来一点也不可怜。我笑着推开他。最终他自己也笑了，他越来越放肆的请求听起来像在开玩笑似的。由于我没有停下脚步，而是继续往前走进纪念印度诞生二百年的那片著名的野生森林，于是我们俩一起迷失在森林里的一座植物园中。我对他的友善显然鼓励了他，他准备搜遍我的口袋看看有什么值钱的东西。我停下来看着他，对自己说：‘一个年轻的阿拉伯人早就已经脱裤子不下十次了！’但是，这个印度男孩子所有的行为却让人不敢尝试哪怕一点儿性侵犯。是的，印度那些可怜的年轻人身上覆盖着一层单纯无知的外套。我们不能触碰这些不可触碰的人，并不是因为他们的肮脏，相反是因为他们的纯洁。在行乞和卖淫之间有一道不可逾越的界线。庞贝闹市区的妓女们总是穿戴得非常漂亮，并且随着场地背景的改变，她们也会做出妆扮上的一些调整。”

“当然了，”卡尔说，“卖淫的前提是妓女必须为顾客所期待。从职业上规定，她们就应该漂亮、诱人，让人怦然心动。从某种意义上来说，这样的关系也存在于乞讨关系中。但在这种情况下是你，在自己毫无意识的情况下，在乞丐眼中显得漂亮、诱人，让人怦然心动。不管你给他的是钱或者衬衫，这都是你为了满足他的贪欲而奉献出的你自己或者你的世界的一部分。从这个角度来看，富人反倒成了穷人的妓女。”

卡尔这番漂亮的阐述之后，又是一阵沉默。我们在这里停留了多长时间？我们被潮湿的炎热所带来的黏黏的气氛摧残了多久？最后，我们又打起精神来。波光粼粼的河面映射出点点磷光。我们再一次走回那曾经挤得我们喘不过气来的桥上黑压压的人群中。在一根柱子的脚下，我们留下了还装有四分之三食物的篮子。就在这时我们才发现了他，在加尔各答的这个圣诞夜里唯一的乞丐。他栖息在柱子的顶端，离地面大概二十多米，像一只被拔光了羽毛的消瘦的大鸟。他以一种远古的姿势将胳膊肘放在膝盖上，伸出他张开的手朝向闪耀着星星的天空。

稻草上的婴儿

首先想象一下，一面三色国旗，在晚风的轻拂下迎风招展，被一盏聚光灯映得鲜艳无比。接着画面渐渐拉远，爱丽舍宫的正面显现出来，人工照明系统生硬地勾画出它精致的轮廓。只有一扇窗子还亮着灯。镜头向窗户拉近。淡化的处理带给我们一种身临其境的幻觉。法国总统微笑着，坐在一张扶手椅上，旁边壁炉里的火苗闪烁跳跃。

“先生们，女士们，”他说，“从今天上午起，小学生们都放假了。年末的节日为我们的城市和村庄的街道添上了一抹鲜艳的颜色。几天之后，圣诞节就要来临，接着，再过一个星期，就是圣西尔维斯特节①。按照惯例，在这个时候国家总统会向他的同胞们致以最美好的祝福。我也不会错过这个机会。但是，我的祝福恰恰将赋予这一年与往年完全不同的特色。因为我想要和你们谈一个严峻

① 圣西尔维斯特节：新年前夜，即每年12月31日。

而又庞大的问题，并向你们提出一个革命性的建议。革命性，是的，尽管它从一位总统的口中说出显得有些奇怪，再加上正值圣诞前夜。以下就是它相关的内容。”

当人们说起我们这个社会正在遭受的灾害时，可能会列举出毒品、暴力、烟草、酒精以及交通事故。这些灾害涉及的数字是非常惊人的，的确，我们应该顽强地与它们做斗争，尽量减少这些事件的发生。但谢天谢地，毕竟这些灾害只涉及我们中的一小部分人。然而，我们的社会还存在着另一种灾害，一种更加潜伏、更加隐蔽的灾害，却有可能把我们所有人带入最为可怕的退化中。这个灾害甚至没有自己的名称。我们可以叫它医学躁狂症、临床躁狂症、药物躁狂症，或者其他什么？名字并不重要，唯有数据是最重要的，而且这个数字极大地超过了其他所有灾害受害者人数的总和。我们可以通过各种不同的标准来衡量它造成的损失。在这里我只需稍稍提一下：每年，我们在医疗上的花费增长越来越快，飞速扩大，甚至超出了这个国家的收入。我们会发展到什么程度呢？好吧，答案非常简单却又骇人听闻！只需一个小计算就可以让我们非常准确地推断出在哪一年，哪个月，哪一天，整个国家的所有收入将被医疗费用耗尽。到了那个时候，我们的生活面貌将难以想象。我只能说，到那时，大家恐怕只能靠药物维生了。除非在救护车里，否则我们不再出行，除非被包扎着，否则我们不再穿衣服。滑稽而又残酷的局面。

怎样做才能避免这样的结局呢？我向医学界最权威的人士请教。我请求这些医学院关注这一问题并向我提出一个补救措施。什么也没有。应该在根源处就消灭它。但是这个根源在哪里呢？是什么让我们每个人生病，至少潜伏着生病的可能？是什么无休止地助长那些真实或者虚构的疾病？

就这样我孤注一掷，转而求助于最后一丝希望。我想起我童年的村庄，想起照顾我们——我的兄弟、姐妹以及我自己——的一名医生。当我说他照顾我们时，我是指当我们生病时，他尽可能不对我们采取医学治疗措施，因为他心里清楚，自然的力量足以将我们治愈，应该避免任何可能妨碍它作用的行为。是的，这个医生是个聪明人。如果说我向他求助，我期待的不是一个医生的答复，而更多的是一个智者的想法。我给他寄去了由内务部行政部门拟定的一份关于这个问题的卷帙浩繁的文件。他有没有花时间仔细研究这份文件呢？从他回复的速度，尤其是回复的内容上来判断，我们完全有理由怀疑。

这里就是他的回复，一封三页纸的信，用蓝黑墨水的钢笔手写。在这封信中，我的乡村老医生对我说……哦，或许我最好应该给你们念一念。以下就是这封信的内容：

总统先生，

我亲爱的弗朗索瓦，

您还记得我这个把您带到人世并在最初的几年里曾彻夜看护您的普通医生，我感到非常自豪，也很开心。老实说，我没什么功劳，因为您是凭借自己的力量来到人世，茁壮成长的。而现在您转向我——一个很久没有行医的人——寻求帮助，向我咨询一个关乎整个国家命运的问题。您对我说，甚至连我国医学院的权威们都对这个问题束手无策。但是或许这些学者们，即便他们取得了操纵医药界的大权，依然不适合来医治肆意增长的医药费这个顽疾？认真地说，总统先生，如果您打算寻求削减军队开支的方法，您会请求我们的最高将领的帮助吗？我做医生的职业生涯十分短暂，已经很久不再涉足这个领域了。恕我斗胆冒昧，跟您谈一谈我对这个问题的看法。

总统先生，您向我提出的这个问题，让我想到从前我养的一只猫，或者准确地说是一只怀孕的母猫。这只怀孕的母猫想要把它的孩子们生在我家花园围墙的另一边——一片开阔的矮树林里。有一天，我发现它小腹平平，眼睛里闪烁着狡黠的目光，我顿时明白它把那些从它肚子里逃出来的小家伙带到哪儿去了，就在隔壁它平时经常出没的那块土地上。尽管如此，我还是避免打扰它们。几个星期过去了，几个月过去了。一天早晨，我从窗口看到我的母猫在花园的小路上嬉戏，旁边围着四只总爱捣蛋捉弄它的小猫。或许这是它们在隔壁的矮树林中度过童年时光之后，第一次跳进墙里来。我丝毫没有多想就打开门，走向那个小小的家庭。那只母猫热情地迎向我，但是其他的小猫们却惊慌失措，吓得四处乱窜。显然，我怎么会没有想到这一点？这些自出生以来就远离人类生长的小猫是一群野生动物。至少也应该耐心地驯服它们，否则它们是无法承受人类突然出现的。

驯服它们！我做了所有能做的事情。我把几碟猫粮放在花园里引诱它们，并渐渐地把碟子靠近房屋。有一天，我用这个方法成功地把一只小猫骗到我的厨房，然后我关上房门。简直是一场灾难。它一个劲地叫喊，仿佛有人在剥它的皮。同时，它还在家具上跳来跳去，把餐具和一些锅碗瓢盆扔得满地都是。最终它冲向窗户的玻璃，就像一只小鸟，接着被撞得晕乎乎地倒在地上。我趁这个机会抓住它，放它自由。

我有些惭愧，总统先生，跟您谈起一件看起来如此无关紧要的小事。但是，像这样的小故事却非常贴近生活。它们自己本身就是生活。随着时间的流逝，在花园里发生的事情与我们在实验室的试管或者蒸馏瓶里观察到的变化一样具有教育意义。何况既然您来找我帮忙，那么很有可能，您已经查看过了试管内进行的试验，现在想要了解普通老百姓的观点。

接下来的几周证实了这次灾难性的实验留给我的印象：这些小猫，一旦在大自然中出生，是不可能被驯服的。野性永远在它们身上打下了印记。有一次，我和一个饲养家禽的邻居聊起这件事，他给了我意料之外的启发：一旦出生于荒野，不管是牛还是鸡，一生中都会拥有一种比那些在昏暗的牲口棚里出世——如果可以这么说的话——的家禽更加难以驯服的性格。所有饲养牲畜的人都知道这一点，并且尽量避免把他们那些快要生养的雌性家禽留在野外。

正如您所见，我们正一步步靠近您的话题，因为连牲畜都适用的特征对人来说更加适用了。是的，对一个刚从母亲肚子里来到人世的孩子来说，第一印象——声音、光线、气味——将在他身上留下永远的烙印。就像一根已经被扭曲了的曲线，是不可能再被拉直的。尽管跟历史学家沾不上边，我还是做了一些研究，希望能了解那些我们熟知的名人们，他们准确的出生环境。我们知道，拿破仑是在八月十五日阿雅克修大教堂的大弥撒中，伴随着管风琴声和香火的雾气出生的。或许不是很多人知道，斯大林出生的时候哥里发生了一次轻微的地震。而在一八八九年四月十九日的夜晚阿道夫·希特勒出生时，一次可怕的霜冻把布劳瑙所有果树上的花都冻死了。古时候的人相信，一个将来会成为伟人的孩子在出生时会伴随着一些奇怪事情的发生。或许应该颠倒一下因果顺序，说一个小孩出生时周围发生的奇怪事情会使他变成一个与众不同的人。

然而，是怎样重大并且几乎普及全国的变革构成了这五十年来妇产科学的特征呢？从前，孩子们出生在父母的家中。您自己，总统先生，我记得您是在您母亲的房间里发出了第一声啼哭。而且不用多说，我们也以同样的方式接生下了那些农民的孩子、工人的孩子、木匠的孩子、渔民的孩子或者亿万富翁的孩子，他们都保有父辈的标签，仿佛深深刺在他们身上一样。这是好事呢，还是坏事？我不敢妄下断论。在我这个年纪，总会对旧的事物或多或少有所偏好，所以我不敢打下包票。但是这五十年以来，这个情况大大地改变了。很快地，我们被强制要求到专门的诊所去进行分娩手术。当然，卫生条件和安全程度因为这样的创新得到了极大的提高，分娩意外的数量也大幅减少，这的确令人欢欣鼓舞。然而，我们并没有估算出这个新环境带给那所谓的出生印记的影响。确实啊，“出生印记”！这是一个崭新的概念，我们的产科医生迪亚福爱瑞斯①们将不得不把它装进大脑！至于我的看法，我敢肯定一个出生在外科手术台上的婴儿，一出生便闻着消毒水气味，听着电子仪器发出嗡嗡声，四周围着穿白大褂、带着防菌口罩的幽灵，背景是手术室上了漆的墙。我敢肯定这个婴儿，在出生印记的作用下，会永远倾向于……要怎么说呢！……变成医学躁狂症、临床躁狂症、药物躁狂症患者。

那么该怎么办？出生、爱情和死亡，应该说，它们不是疾病，它们是人类生命中三个至关重要的阶段。医生们硬生生地把它们夺走是没有道理的。所以，让我们从解放那些被囚禁在医院药剂异味中的婴儿们开始吧。以下就是我的建议。当一个女人即将成为母亲时，她可以自由选择——就像自由选择自己孩子的名字一样——她想要分娩的环境，并且通过这样的方式，选择她的孩子所要接受的出生印记。我们应该做足一切准备，为她在实践上没有任何限制的选择权提供充分的医疗技术。在随后的几年里，我们应该做到，让婴儿可以安全顺利地出生在勃朗峰的顶点，或是森岛的岩礁上，在太平洋的珊瑚岛，或是撒哈拉金色的沙丘上，在凡尔赛宫的冰廊里，或是埃

① 迪亚福爱瑞斯：莫里哀喜剧《无病呻吟》中角色的名字，是一个迂腐的医生，因循守旧，却不顾病人的实际情况。

菲尔铁塔的第三层上。那么，我们将看到一群拥有无穷尽可能的希冀和使命的新一代，而不是一堆在诊所或是药剂店前凄惨地排队的人。

请接受，总统先生，以下不再赘述。

总统将信纸放在小圆桌上，微笑着看向电视观众。

“所以这就是，我亲爱的同胞们，我向你们提议的奇特而又充满诱惑的改革。自明年春天起，我们将采取一切措施使出生印记变得如同未来妈妈们希望的那样多样，甚至新奇。但是从今天开始，这个晚上，我对你们讲话的这一分钟起，我们就可以着手尝试这个分娩的新方法。所以，我请电视机前听我讲话的所有未来妈妈注意，我的电话号码如下：42928100。如果您在接下来的几天会分娩，请立即拨打这个号码。电话是直达的。第一个给我打电话并且提出她的愿望的准妈妈，这个愿望，不管它是什么，都会得到满足。我等着你们。”

始终保持微笑，总统把他的下巴搁在交叉的双手上，保持沉默。几乎立刻地，放在他手边的电话丁铃铃响了起来。然后，一千五百万电视观众可以直接听到接下来这段奇怪的对话：

“喂？”一个很细的声音怯怯地说。

“是的，这是总统在接电话。”

"总统先生，晚上好。"

"晚上好，女士。"

"小姐。"这个尖细的声音纠正道。

"小姐，请问怎么称呼？"

"玛丽。"

"晚上好，玛丽小姐。所以您正在等待分娩。那您知道准确的日子吗？"

"医生说是十二月二十五日，总统先生。"

"非常好，非常好。那么您希望分娩的地方是哪儿呢？"

"一个马厩里，总统先生。一个铺满很多稻草的马厩。还有一头牛和一头驴。"

尽管总统一向以沉着冷静闻名，听到这番话，他依然惊讶地禁不住双眼瞪得圆圆的。

"一个马厩，还有稻草，一头牛，一头驴……"他机械地重复着，"好的好的，您会拥有所有这些。不过可以允许我问最后一个问题吗？"

"当然了，总统先生。"

"您已经确定了您的小孩的性别了吗？"

"是的，总统先生，是个女孩。"

"啊，非常棒，一个女孩！"总统带着明显的宽慰欢呼道，"这比起一个男孩来可爱多了！更加文静，更让人放心！好吧，我建议让我来做她的教父，如果您希望的话，然后我们给她取名叫诺艾拉[①]。各位晚安。”

---

① Noël，即圣诞节的意思。

东方三博士[1]之法斯特王

“那么，他现在怎么样了？”

御医刚从皇太子的房间里走出来，法斯特一世，帕加马的国王，便冲着他问道。皇太子身患重病，国王这些日子寝食难安，现在更是紧张得浑身发抖，但却依然流露出令人生畏的气势。

“你到底说不说话？”御医一声不吭，让他忍不住怒吼道。

“唉！”御医最终发出一声叹息。

“你该不是想说……”国王结结巴巴地说，“……你该不是想说皇太子他……”

“唉，是的！”御医再次叹了口气。

国王推开堵在太子房门口的外科医师、药剂师、草药师和魔法师，冲了进去。注射器、药瓶、灌肠器、解剖刀和染上鲜血的布头摆得到处都是，在那中间，皇太子平躺着，双手重叠放在胸口，浑

① 据圣经记载，在耶稣诞生时，有来自东方的“博士”带着礼物来朝拜耶稣。

身像雪一样苍白冰凉。

“死了，”国王喃喃道，“他死了。我在朝廷中供养了那么多占星家、手相家、巫师和相骨师，他们却再一次集体证实了他们的无知。而我，在经过那么多年的探索和研究后，所有我知道的，就是我什么都不知道！”

其实，自年幼起，帕加马的皇太子对学习表现出的热情就使他的父母和老师们震惊。对他来说，这个世上根本不存在晦涩难懂的书，野蛮低级的语言，繁复难解的计算，无从下手的推理。甚至可以说，困难本身就会激起他身体里难以抑制的好奇心。他的父母一直担心，这样疯狂的求知欲最终会使他大脑使用过度而充血。在还没有到青春期的年龄，正是他，而不是别人，为了满足自己的需要而发明出羊皮纸的制造工艺，从而在帕加马名噪一时。皇太子的这个疯狂的求学偏执并没能保密多久，每一天都能看到一些奇怪的冒险家到皇宫自荐，他们或是持有所谓的秘密，或是精通于巫术和秘术的高手，还有一些满身污垢但却慷慨激昂的预言家，身上带着各式各样护身符，为了换取一些黄金而满口胡言，信誓旦旦。法斯特一世把他们统统招入宫中，留在自己身边时常相伴。

皇太子的房间朝向一块巨大的露台，从露台上可以俯瞰整座城市。国王朝那里走去，抬起头望向闪耀着星星的夜空。多少次，在经历了关于隐德来希[①]和动物本性的艰涩讨论之后，他也是这样在夜空深沉寂静的幽蓝中洗涤自己的身心。

他的目光突然停留在参宿四星座和大熊星座之间一个闪耀的光点上。这个奇妙的光点在广阔宁静的夜之苍穹中显得格外有活力。甚至可以说，它在渐渐向南远去的同时，正发出一些讯息，对他示意，他，帕加马的国王。而此刻他的心正在滴血。这时，他突然忆起童年时听说的一个古老传说。

“这是我的儿子！”他惊叹地叫道，“这是我亲爱的儿子的灵魂，他正拍着翅膀飞向远方。他在对我说最后一声再见，他正抛给我最后一吻，我的孩子，他想对我说些什么，他祈求我能理解他说的话。但是他到底想要表达什么呢，我的老天啊！或许想要我追随他？或许当他灵魂往南漫长迁徙时，我应该陪着他？为什么不呢？为了治愈在生命中遇到的悲伤，旅行难道不是一剂良药吗？”

两个钟头之后，一个小小的队伍组成了。帕加马的国王，在一群忠臣的陪同下，开始了他那最为奇特的发现之旅，他甚至不知道目的地在哪儿。只要能一直追随这颗缓缓向南移动的彗星，他就满足了。

这次旅行历时长久。终于，这一小队人马抵达海岸，登上一艘

---

① 隐德来希：意为实现了的目的以及将潜能变为现实的能动本源。

战船。在塞浦路斯稍作停留之后，由于彗星的轨迹突然向内弯曲，指向东南方，他们又掉转船头向恺撒利亚行进。这是法斯特一世第一次踏上巴勒斯坦的领土。自然地，他走向由大希律王统治的耶路撒冷。这位君王残暴的威名足以让整个中东战栗。

大希律王用盛大的仪式迎接这位远到的贵客，他异样的热情仿佛是为了打破他凶残暴虐的名声，显然他自己也深知这一点。然而帕加马国王表现出的疑虑和不安激怒了他，他暴躁的本性天真直率地显露出来。真理？这天底下，他大希律王只知道一个真理，而且从未有错：那就是混合着暴力和诡计的公正。至于那些智者、炼丹术士、占星师，以及其江湖郎中，他的皇宫里多的是，他很擅长借由他们玩弄权术。随后，他领客人到皇宫恶魔般的密室。他展示了几个小瓶子，里面的东西足以打垮整支军队，有麻痹敌人的香料，还有能让女人丧失生育能力的药。有一个外表朴素的罐子，里面却装着某种能给整座城市的水下毒的液体。还有能释放传染病菌的气体，被封在一个细长颈的玻璃瓶中。最后，为了表示对帕加马国王的尊敬和友好，他亲自为法斯特揭开那只张开双翼的玻璃老鹰的神秘面纱：把它由高高的塔楼扔了下去，它碎裂并炸开，残渣横飞，制造出的毁坏有如地震一般……

拜会结束，法斯特一世再次和他的小队人马踏上旅途。他陷入困惑。那么科学，就是如此了？那些经过推理、试验和研究所得的成果，便是这充满苦难与死亡的地狱？看来大希律王比他之前所了解的更为可怕……

他抬起眼睛看向天空，想要再次看看这些星星。那颗欢快地舞动的彗星继续向南滑行，它似乎依然在邀请他跟随自己。于是，他和他的侍从们又继续前进。

一条神秘的道路蜿蜒穿过大山和峡谷。我们要往哪儿去？一个侍从长问国王。作为回答，他用下巴指了指在他们前方闪耀的奇特的彗星。不过，它看起来似乎在减速，逐渐停止，甚至坠落到一个漆黑的村落中。它凌乱的尾巴垂吊着朝向地面，就像有一百根手指的火焰手。

“这是哪个小镇？”国王问道。

“伯利恒，”为他指路的人回答，“在一千年前，传说中大卫王就是在这里出生的。”

他们追了上去。彗星就像吊灯悬挂在小镇房屋的上方，它最长的一缕光线在某个马厩屋顶上挤压成一片银光。一大群牧羊人和农民拥向门口。里面是怎样令人惊奇的场景啊！在被布置成稻草摇篮的木制食槽上，一个新生的婴儿在襁褓中手舞足蹈。他被一位头发花白的男人与一位异常年轻的女子守护着，很自然地，围绕他们的还有一头牛，一头驴，一些山羊和绵羊。至于马，则一匹都没有，因为那是有钱人家的牲口。

要不是那一柱从漆黑的横梁阴影中垂下来的光不断变幻，仿佛闪着光芒的天使正在主持一切，这些可能都会平淡无奇。这个私密又伟大的夜晚，完全不关大希律王什么事。这束光，正是这欢快盛况的主导。

法斯特一世，帕加马的国王，在马槽前跪下。他放下供品：一卷羊皮纸，帕加马手工匠的结晶。

“这是本空白的书，”他解释，“无字的书页，象征我可笑之生命。我曾投入全身心去探求真理。如今终于抵达这次寻觅的终点。在我孩子的尸体前，我不得不承认，我只弄明白一件事：我知道自己什么都不知道。正因如此我追随这颗神奇的星星，希望看到我儿子的灵魂。我请教您，主啊：真理在哪里？”

当然，孩子无法通过言语回答这个庞大的问题。一个新生儿还不会说话。但是他带给法斯特国王另一个答案，一个更加具有说服力的答案。他稚嫩的小脸转向他，蓝色的眼睛睁得大大的，一湾浅浅的微笑照亮了他的小嘴。在这张幼稚的脸上有那么多天真的信心，他的眼神映射出如此单纯的天真，以至于法斯特突然感觉到，全部怀疑与令人不安的无知从他心底消失了。在孩子清澈的目光里，仿佛一切都改变，就像置身于无穷无尽的光明中。

安古斯

在苏格兰高地上，春天总是姗姗来迟而又变化无常。故而对于这里的人来说，它便具有了一种优雅而迷人的魅力。他们怀着孩童般焦急的心情等待着翻腾的天空中飞鸟的归来，沼泽里松鸡多情的啼叫，还有那山丘稀薄的草地上，藏红花第一抹淡紫色的花朵。漫长的冬夜过后，每一个预示着春回大地的迹象都如振奋人心的消息，受到人们的欢迎和期待，但同时，人们又惊讶于它的羞涩。接着，所有的嫩芽都一夜突绽，山楂树丛里冒出星星点点的玫瑰红，海风穿过大片花粉，逐渐轻柔下来，触动着年轻人和老人们的心，惹得他们流下眼泪。

在斯特拉斯尔伯爵的领地上，春分时暴风雨的嘈杂与五月初灰林鸮的夜啼形成了鲜明对比，这世上恐怕没有任何地方比这里更加撩人心弦的了。花岗岩筑成的堡垒里住着老领主安古斯。城堡黑压压的轮廓下，是山泉丁咚流过的青翠山谷。山谷中有白杨树林，它们的叶簇显得如此精细明净，似乎是园艺家专门修剪出来，为了给这对未婚男女的漫步提供一片半透明的帷幕。

那天早晨，就是在这个略微有些起伏的草地上，柯伦贝尔，安古斯伯爵的小女儿，和她的未婚夫奥特马，奥克尼伯爵，一起骑马散步。这两匹宫廷骏马肩并肩走着，用它们白色的前胸推开浓密高耸的草丛，草丛中零星杂生着虞美人、菊花和黄色的野花。两个年轻人在马上亲密地闲聊着。奥特马曾在奥克求学，图卢兹伯爵把他迎入宫中作为年轻侍从。他参加过百花诗赛，熟知百花诗赛评委会七位成员的行吟诗所奠定的宫廷爱情思想。柯伦贝尔自幼从未离开过高地，她略带羞怯而又陶醉地倾听着，听他赞扬一种全新的生活艺术。这是一种诞生于阳光充沛的城市的生活艺术，又被称为骑士式爱情，简单地说，就是对女士谦恭有礼，敬重有加，全身心为她们服务。

这种骑士爱情，首先必须要做到的，他解释道，就是洗去爱情关系中所有世俗物欲的污点。自古以来，婚姻几乎一直都是由父母安排，并在神职人员的帮助下进行，作用便是使两家的财富紧密连接，甚至互相合并。在这样的妥协中没有任何感情能够幸存下来。显然，对于未婚夫妇来说，最理想的状况就是两个人一样穷，绝对的贫穷。但是，除了像修道士那样严格地将男性与女性分开的生活之外，怎样才能接近这种理想状态呢?

两只叽叽喳喳的鹡鸰在空中盘旋，突然俯冲向马蹄，又转身飞开，在稍远一些的地方重新会合。

“看看这些田野上的鸟儿，”年轻的女孩说，“还有比它们更加贫穷的吗？然而，它们组成的伴侣往往能够维持一整年，甚至更长的时间。”

“当然了，”奥特马回答道，“但是它们的结合仅仅是为了繁衍的需要。筑巢、生蛋、抱窝、雏鸟的喂食，所有这一切都需要一只雌鸟和一只雄鸟的存在。不过，骑士爱情恰恰对繁衍后代的需要采取极为超然的态度。脱离了肉体欲望，没有后代的束缚，才能得到纯粹的精神之爱，才是最纯洁的爱，就如同冬天覆盖在本尼维斯顶峰那清澈的蓝天或洁白的云朵。”

“也就是说身体完全不参与到您所谓的骑士爱情中？”柯伦贝尔感到惴惴不安，“需要一个超凡脱俗的灵魂，才能如您说的那样超然看待这些寻常人类状态吧？”

“当然不是，只不过身体完全是因为深居其中的灵魂才值得爱慕，就像火焰对于灯笼一样。当火焰熄灭时，灯笼只不过是一个暗淡无光的外壳。”

“但是灵魂的这种光芒，是怎样穿越覆盖其上的肉体和衣物，散发出来的呢？”

“我们有手，有脸，尤其有眼睛这对向情人敞开的心灵窗口，它们都可以照亮我们的身体，温暖它。不知道你注意过没有，盲人的脸上总是笼罩着一层黯淡冰冷的黑暗。”

柯伦贝尔听了奥特马这番话之后，两眼闪着微笑的光芒，像流动的水一样清澈。

“不过，”年轻的男子继续说，“人类还可以用语言表达自己的灵魂。爱情就拥有属于自己的语言：诗歌。诗人是一群懂得爱情的人。”

这时，他们已离开红花遍布的草地，深入到森林下灌木丛生的地方。几棵百年老橡树混杂在高大的山毛榉中，形成了一个凉爽而又密不透风的拱穹。这对年轻人停下来，被森林独有的宁静震撼，久久不能言语。马匹强有力地频频仰头。一只蓝色乌鸫发出一声惊觉的颤鸣，飞走了。有什么事情要发生。过了一会儿，果然听到山间石子路上传来急促而又轻快的马蹄声。接着，一只母鹿出现，径直停在这两名骑手面前，为了避开他们，它猛地往左一跳，消失在矮林中。寂静再次降临。只不过，这一对情侣早已对捕猎和森林非常熟悉，他们明白，一直发出警戒声的乌鸫和一只仓皇而逃的母鹿，意味着一名猎手就在附近。

果然，不远处传来一些树枝被弄断的声音，接着是一阵巨大的笑声，最后，一名黑衣骑士高大的身影从树林里冒了出来。那是帝费纳，隔壁领地的一位有权有势的大老爷。他的侏儒仆人卢肯跟在他身后，蜷缩在一头毛驴上。由此可见，帝费纳正在斯特拉斯尔伯爵的领地上狩猎。从礼节上来讲，他应当为这一行为请求原谅。不过，帝费纳是个丝毫不受礼仪约束的人。他拥有三座城堡，而且他的领地一直延伸到瑞斯角。他和他的侏儒仆人相依为命，住在全世界最阴森的堡垒里。在一个冬天，他的最后一任妻子在孤独寂寞中死去，而他依然在进行他那无休止的远征。他的子民们都逃亡到了附近的庄园，他的邻居也尽量避开他。他庞大的财产中藏匿着太多暴力和血腥的味道。

"我跟丢了一只母鹿，"他说，"却发现了一个美女。毫无疑问，她的容貌清新可人。这次我可绝不会放过！"

他还在笑，一种令人生畏的笑。奥特马忍不住插话进来。

"帝费纳大人，您面前的是柯伦贝尔小姐，也就是安古斯大人，您的邻居的亲生女儿。"为了消除误会，他急忙解释道。

但压根就没有什么误会。帝费纳显然对安古斯领主毫不在意。他完全忽视奥特马的存在，用轻薄的语气继续调戏柯伦贝尔。

"美丽的小鹿，春日的暖阳难道没有激起你的怀春之情？一头从森林一角蹿出的老公鹿能否得到你美目的垂青？当然，他不再拥有青年人那么饱满的精神，但是，请相信他充沛的体力和丰富的经验。"

他爆发出一阵笑声，走向这对情人。

"帝费纳大老爷，"奥特马说，"请您自重，不要这么肆无忌惮。我最后一次请求您尊重这个女孩。"

帝费纳看起来似乎并没有听到奥特马的话。他翻身下马，把打猎手套和挂着匕首的肩带卸下来，放到马鞍上，甚至脱下了那件厚天鹅绒的紧身上衣。就这样，他穿着宽大的绣花衬衫向前走去，殷勤地向柯伦贝尔伸出一只关节粗大并且戴满手链和戒指的手。奥特马再也无法容忍。

"帝费纳大老爷，"他叫道，"我警告您，如果您再敢靠近我的未婚妻一步，我就斩断您的双耳！"

他拔出剑，但是很快就被推翻在地。因为卢肯爬上了临近的一棵粗壮的树干，奋力地跳到了他的身上。两个男人在地上翻滚。但是，那侏儒一跃就站了起来。他用拴在他左脚上的绳圈紧紧勒住奥特马的脖子，双手使劲拉着另一头。帝费纳微笑着凝视这一幕。而柯伦贝尔，则面如死灰，吓得晕了过去。年轻男子临终的时候，一声也发不出，四周一片寂静。接着，帝费纳用手腕夹住晕倒的柯伦贝尔。他停止微笑，把她放在自己的马鞍上。

"走吧，我迷人的小鹿，"他说，"让我来帮助你完成雌性的使命吧。这是个发情的季节。"

*

随着太阳爬上天空，不安在老领主安古斯的心中蔓延扎根。他的女儿和他未来的女婿骑马独自出去散步已有四个钟头，他们早就该回来了。安古斯对奥特马有绝对的信心，况且在这片田野和附近的森林里从来没有遇到过土匪、小偷，或者迷途的士兵。那么，为什么他还这么胆战心惊呢？但事实就是这样。在他看来，尽管天空晴朗，万里无云，但在它散发着金光的天蓝帷幕后面暗藏着可怕的黑暗。

突然，安古斯打了个哆嗦。马蹄声在城堡庭院的石子路上响起。他们回来了！但是为什么只听到一匹马的声音呢？安古斯靠近一扇窗户。他看到一名侍从朝向一匹没有骑手的马奔过去。他认出那是柯伦贝尔的花斑母马。灾难悄悄降临到了斯特拉斯尔。

叫喊声，紧急集合，队列重整。安古斯亲自率领一小支队伍，出发寻找生死不明的女儿和女婿。他们离去的方向，正是远处斯特拉斯尔东边的树林，与大伯爵帝费纳老爷的领地相接。没有人敢说出这个令人生畏的名字，但是它依然浮现在安古斯和随从们的心中。他们并没有在矮木丛和大树林间浪费太长时间，就轻而易举地找到了这双重罪行的发生地。在布满风铃草的小路边上，一棵橡树下，奥特马平躺着，脖子上印有一圈红色的勒痕。不远处，人们又发现了那个年轻女子，赤裸着，浑身沾满鲜血，惊恐万分。她一言不发地任由别人将她带走。她哑了还是疯了？安古斯明白，就算强行逼问她，也得不出任何答案。她的脸上仿佛戴着一个僵硬干瘪的面具，让她保持沉默。伯特伦，斯特拉斯尔的犬猎队队长，仔细检查了柔软的土地上马匹留下的交错的蹄印。其中一串毫无疑问来自东边帝费纳的城堡。更加明显的是，在这串马蹄印的旁边还有一串稍微浅一些的驴蹄印，向着同一个方向。所有人都知道，帝费纳经常在一个跨着毛驴的侏儒的陪同下出行。

所有这些安古斯都知道，但是没有人敢询问他的打算。他孤零零一个人，上了年纪，而且还疾病缠身。他不可能去挑战帝费纳，尽管在三十年前他会那样做。至于到与他同级的人物面前状告他这一可怕的罪行，从而传讯他，需要有柯伦贝尔出来作证。但是她的精神状态还依然无法提供令人信服的证词。她会永远这样吗？况且，即使她重新获得所有必需的力量，她会接受与行凶者当庭对质这样可怕的耻辱吗？那些犯了强奸罪的男人几乎总能因为受害者的廉耻心而得以逍遥法外。

第二天清晨，一名男子牵着一匹马出现在城堡。那是帝费纳的仆人。这匹马在他周围来回踱步。他是从斯特拉斯尔来的吗？安古斯的手下认出这是奥特马的马。安古斯清楚地感觉到这个归还的行为是再一次的侮辱。太过分了！他受到如此巨大的耻辱，再也无法阻止自己脑中反复酝酿复仇的计划。这一复仇，他还不知要如何实现，但是帝费纳会等到那一天的。时间过得越久，他受到的惩罚将越残酷。

*

柯伦贝尔重新恢复了说话的能力，尽管那只是一种低沉连续而且非常简单的言语。没有人敢——甚至她的父亲——向她提起那段痛苦回忆，帝费纳犯下的深重罪行。她自己还记得吗？她所有的行为似乎都表明，她的记忆已经自动抹去了那个春光明媚的早晨，她和她的未婚夫聊着骑士爱情的画面。

或许她的记忆确实忘记了，但是她的身体却没有，因为在那年夏末，她就明显地有了怀孕的迹象。这是第二场灾难，比第一场更加可怕，因为它包含着未来。这个在她身体中渐渐饱满起来的胎儿，就像是一个无法治愈的恶性肿瘤，每时每刻都在反复地强奸着她。她再也不迈出房门一步，几乎不吃任何东西。她越是变得消瘦，她怀孕的肚子就越是显得畸形。一个公开的谣言在城堡里传播开——这骗不了城堡里的任何人——谣言说，奥特马在被土匪杀死之前就已经和她秘密结婚了。在圣诞节前不久，她生下了一个男孩。

“他是无辜的，”她低声对俯身向她的父亲说，“原谅他的存在吧。”

第二天，她便死去了。安古斯希望孩子能在她母亲葬礼的那天行洗礼，借此为他打上诅咒的烙印，让他背负一生。他给他取名叫雅克，并且在他还没断奶时就把他送到一户农家，发誓永远不再相见。

几年过去了，他没能守住他的承诺。这个孩子，是他的外孙，他唯一的继承人。越来越频繁地，当他独自一人或是和伯特伦一起散步时，他会情不自禁地前往收养雅克的农场。从一群脏兮兮却又充满活力吵吵嚷嚷的孩子中，他一眼就能认出在庭院里嬉戏的雅克。他带着恐惧观察他。这是帝费纳的儿子，那个该死的春天发生的双重罪行活生生的证据。然而，这小孩却是无辜的。原谅他的存在吧！柯伦贝尔在濒死的时候曾在床上请求过。

有一天——孩子应该有六岁了——安古斯靠近他，想要更近地看看他。尽管他的行为举止带有小农民的痕迹，他身上依然有一种使自己与农场其他杂种们相区别的品质。他看着雅克的脸。透过耷在他脸上的金发，孩子严肃地经受住了他的目光。安古斯禁不住啜泣：盯着他的，是柯伦贝尔的眼睛，如同流水一般清澈的眼睛！那一天，他把孩子领回了城堡。

他将把孩子培养成一名未来骑士的训练任务交给了伯特伦。一匹设得兰矮种马被运来供他学习骑马。他短小的腿在小马圆滚滚如木桶的肚子上无所适从，但是，当他终于能够骑马奔驰，他还是开心地叫了出来。除了骑马之外，他还学习如何洗刷他的坐骑，给马喂食，并为它套马具。

正是在一次训练观摩时，安古斯观察到雅克发狂地用一根木棍击打另一个比自己大得多的男孩，当遭到那男孩的反击时，他又表现出极大的勇气，于是，安古斯在脑中第一次形成了一个报复帝费纳的计划。那就是，让雅克本人来惩罚这个强奸犯父亲，以此为母亲雪耻。老伯爵对他脑中的这个简单而缜密的计划十分满意。把一个他又爱又恨的孩子推向一个魔鬼，也就是把他重新交给上帝，让上帝去判决，以此斩断这使他窒息的心结。或许，即使等到雅克获得骑士资格的时候，这场格斗依然极为不公平。但恰恰是这样的不公平，才要求上帝通过一个奇迹表现出他的公正。安古斯为自己天才的想法激动不已，他将上帝摆在了一个进退两难的境地：要么让帝费纳犯下第三个罪行：亲手杀死自己的儿子；要么反过来，让孩子战胜这个威武的巨人。

然而，他的年纪和健康状况不允许他亲眼见证这一伟大时刻。他祈祷自己至少能再撑一阵子，等到雅克长大成人，让自己亲口为他解开那可怕的身世之谜，并让他明白家族的名誉要求他成就的伟大战绩。但是，上帝没有给他留多少时间。安古斯感到自己的体力开始致命地衰弱下去时，雅克还不足七岁。安排完所有事务之后，他要求其他人离开，让他和他唯一的继承人单独相处。在这段短暂的时间里，他没有多加解释，就让雅克对着十字架发誓说在他被授予骑士称号之后，他要在一对一的决斗中打败并杀死帝费纳老爷，他们的邻居。在那一天来临之前，他的心中必须时刻牢记自己的誓言，却不能对外人泄露半个字。雅克自幼在这个神秘并充满英雄主义的环境中长大，因而，他没有表现出任何迟疑，便立下誓言。

安古斯伯爵去世了。根据他的遗嘱，伯特伦负责监护雅克，并且管理伯爵府的所有事务。就这样，伯特伦继续扮演这孩子的父亲兼朋友的角色。然而，雅克却从来没有向任何人泄露过一丝一毫心中隐藏的秘密；他独自一人承受着这沉重的使命。有时，正当他在舞会或其他场合与一帮贵族青年男女开心地嬉戏时，他会突然变得严肃，闭上嘴，仿佛心不在焉。如果有人问他："我的大人，您怎么了？您突然想起什么沉重的事情？"他会摇摇头，苦笑一下，再次投入到喧闹中。但是，那些熟悉他的人却为此担忧，因为他们知道他是一个天性无忧无虑简单快活的人，只有极为阴暗的噩兆，才能让他的好情绪不时蒙上一层忧郁的阴影。

尽管如此，他依然将自己所有的精力都投入到剑术的强化训练中，尤其是一对一决斗，男人与男人的战斗。显而易见，他希望为即将到来的决斗做足准备。在训练中他表现得如此激烈顽强，以至于他的同伴们——一开始只把这当作游戏——很快便纷纷拒绝应战，害怕在训练中失手击中对方，或者自己被误击受伤。就连伯特伦的告诫也无济于事。掀起头盔的面甲，雅克露出一张扭曲的脸，仿佛在努力克制自己的暴躁，但是，一旦面甲再次垂下，简直是一个全新的男人出现了，他身上的狂暴足以置人于死地。伯特伦心中抑制不住地涌上一种不祥的预感。

所有准备成为骑士的年轻贵族们苦苦等待的日子终于到来了，在这一天，他们将被授予骑士的兵器和盔甲。按照惯例，雅克不应该一个人独自接受作为骑士象征的长剑，另外两个年轻人会和他一起接受这一荣耀，他们是斯特林亲王大卫和因弗雷里公爵阿盖尔。接下来的仪式和宴会只是为了使这一天看起来更加美好，顺便把这邻近的三家人以及他们的朋友们聚集在一起热闹一下。

在这盛大的日子前夕，三个年轻人在日落之后做了告解，接着，他们一整夜都在城堡的小教堂里祈祷、冥想。三支剑和六个黄金马刺被放在祭台上。早晨，他们在这两种装备下领了圣体，然后回去休息了一会儿。直至中午，他们才再次出来迎接阿伯丁伯爵和圣玛莎教堂的主教，以及他们的一大群随行车马人员，他们是特意赶来主持这个骑士称号授予仪式的。在一束明亮的阳光的照耀下，兵器、盔甲以及聚集在城堡主院的亲朋好友们精心穿戴的服饰闪闪发光，耀眼夺目。主教赐福于这些剑和马刺。接着，每一个等待授予骑士称号的年轻人按照顺序来到阿伯丁伯爵面前。伯爵在两个随从的帮助下，为他们缠上肩带，穿上马刺，然后在他们的颈背上用手杖敲击一下。随后，他朗诵了一段简短的祈祷文，请求上帝——

这个授予他们使用刀剑惩奸除恶的权利的人——帮助这些新进骑士不要任意或不公平地使用这一权利。最后，他转向大卫，叮嘱他绝对不要怀着报复心决斗。对阿盖尔，他尤其强调做事之前不要总是细心多虑而应该慷慨大度。接着，他提醒雅克，一名骑士应该对自己的誓言绝对负责任，必须信守承诺。

这个异教徒创造的偶然，我们只能将它归因于上帝，因为阿伯丁是绝对不可能知道雅克的身世和他的秘密的。在接下来的八天里，这个压抑多年的秘密将会揭开面纱，而伯特伦则是第一个知道它的人。因为雅克把他叫了过来，用一种坚定而急切的声音(尽管清亮的声线里还带着些稚气)，高声对他朗读一封自己刚刚草拟的短文：

帝费纳大人，在被授予骑士称号之后，我终于可以完成年幼的我在祖父安古斯伯爵临终时立下的誓言。我发誓会杀了您。所以我向您发出一对一决斗挑战邀请，地点和方式您可以和这封信的送信人商量确定。当然，越早越好。

署名：雅克·安古斯，斯特拉斯尔伯爵

伯特伦惊呆了。这就是那个秘密！这就是笼罩在雅克整个童年上空的可怕秘密，就像一只秃鹫，在这一刻突然猛扑向他！雅克完全没有可能，绝对没有任何可能在一对一决斗中战胜帝费纳。帝费纳是一个巨人。他的力量、他的敏捷以及他的残暴震惊整个西方。而小安古斯才刚刚十六岁，一头金色的卷发，如同女孩一般细弱的胳膊，还有几乎没有变音的嗓子，等在他面前的必定是死亡。他居然年少轻狂地敢挑战一座大山，一阵暴风雨，一个火焰口。伯特伦再也忍不住，流下眼泪。

“你为什么哭？”雅克问他。

“除非奇迹出现。”伯特伦回答。

“会有奇迹的！”雅克坚定地说。

这就是一名信奉基督教的骑士的信念，因为他和上帝、圣母玛利亚、耶稣以及所有的圣人生活在同一高度。

*

帝费纳在他的花岗岩城堡里踱来踱去，就像一头囚禁在兽笼里的野兽。日子一天天过去，所有曾经给他的生活带来辛辣刺激的事情在他看来都已经黯然褪色了。杀戮陷于绝境的雄鹿，强行制服在田野偶遇的女子，吊死该死的偷猎乡巴佬，掠夺有钱的旅行者，洗劫吹毛求疵的邻居的住所，烧死被怀疑使用巫术的教士，这一切都已不再能够让他提起兴致。甚至那些远征探险在他看来都显得枯燥乏味。不管是狂怒的大海，沙漠滚烫的沙子，还是北方的冰雪，都不能遏制住正在一点点吞噬他的厌倦。他最后一任妻子已经被安葬入土那么久了，一同埋葬的还有那些充满了他十恶不赦的同伴们嬉笑怒骂声的日日夜夜。现在，他突然感到孤独。没有一个人。没有一个人陪在他身边。他只有卢肯，那个驼背的侏儒仆人，他该死的灵魂伴侣，他所有罪行的同伙以及所有胜利的见证人。

就在这时，卢肯出现在他面前，手里拿着一封重重地盖着封印的手稿。

“这是什么东西？”帝费纳嘟囔道。

“帝费纳老爷，是您的邻居写给您的信。”

“他想要干吗？”

“杀死您。在一对一决斗中。”

“终于！”帝费纳喊道，“终于有人想要帮我的忙了！我无聊得快要爆炸了。我刚刚还在问自己是不是应该去中国或者阿拉伯找人打架。现在居然有人自己送上门来，给我提供了一个消遣的可能。真是太热心助人了。那么，这个急于帮我解闷的人，他叫什么名字？”

“是安古斯，斯特拉斯尔伯爵。”

“雅克！”

“雅克。”卢肯确认道，一边仔细观察着他如此熟悉的主人布满皱纹和刀疤的脸。

“雅克，”帝费纳迟钝地重复着，“这是该死的老安古斯的报复。我已经寻思了很多年他究竟想要干什么。现在，从这里，我听得到他从坟墓里发出的冷笑。”

卢肯屏住呼吸，等待着帝费纳的下文。十年来，在帝费纳的指示下，他一直秘密监视着雅克的情况和表现。这是他的儿子，他唯一的孩子，他独一无二的继承人。

“但是他想杀我，”帝费纳低声喃喃道，“不管怎么说，这也是合情合理的。龙生龙，凤生凤。我也是，我也曾经非常想要杀死自己的父亲。只不过，瞧，不能这样就杀死我们帝费纳家的人。我们都不是咩咩叫的小羊羔。更何况，我还一点都不想死呢。”

“他今年十六岁。但他的样子看起来不过十四岁，”卢肯解释说，“您一下子就能搞定他的！”

“一下子？但是谁告诉你我想置他于死地？”帝费纳吼叫道，“不，不，绝不。他想要一场决斗。他会得到的。但是他同样也会学到，没有人能够毫发无损地挑衅帝费纳家的人。我会给他一个惨重的教训。在他整片领地的子民面前，我将扯掉他的头盔，用剑击中他的耳朵。这个放肆的狗杂种，他将会惨败，输得一败涂地，这就是他将得到的。不过为了更好地嘲笑他，我将不戴头盔迎接挑战！”

“不戴头盔？”

“对，不戴头盔。这样，他就会看到我狮子般浓密的头发和先知般的胡须。这个毛头小子，他会感觉到自己被我浓乱的眉毛下那鹰一样的眼神钉住，动弹不得。哈，哈，哈！”

城堡里的人们，听到他们主人震耳欲聋的笑声，战栗地寻思着他和他的侏儒正在准备怎样一出毒辣的新闹剧。

*

十二名穿着红色长袍的号角手散布在村庄、城郭和市镇中吹号宣告，两名贵族打算在周日十一点决斗，地点是一块位于沿海荒地的葡萄园。决斗吸引了出奇多的人，而且由于天气看起来不错，这些家庭都提前吃过午饭，在室外跳起舞来。

雅克的轻松让伯特伦感到惊讶。甚至可以说，他的生命即将悲剧性地终结，这一临近——不管它是怎样的——使他从所有忧虑中解脱了出来。他邀请来一大群跟自己同龄的男孩和女孩。决斗之前的所有日子，他都挥霍在一连串的游戏和娱乐中。这就是他为这场即将上演的决斗所做的准备吗？伯特伦非常费劲地把他从那帮年轻人中拉出来，激动地向他提出这个问题。突然间，雅克神情肃然，答道：“我把自己的命运交到了上帝的手上。他会抛弃一个从来都遵循他的指示的骑士吗？”借助全心全意的信念，他和他外公的看法，在自己完全不知道的情况下，不谋而合了。伯特伦低下头。然而，周日那天听完弥撒领了圣体之后，雅克没能抑制住自己的愤怒。他推开那些想要帮他戴上盔甲罩上头盔的仆人们。

“不，”他对他们说，“我听说帝费纳老爷为了羞辱我打算不戴头盔决斗。我要比他做得更多。我不止头上什么都不戴，而且胳膊上也什么都不会披的，我要穿着印有我家族的颜色的苏格兰短裙应战。”

没有人能够使他回心转意。伯特伦最终也只能听之任之。这场神秘事件的缜密部署超越一般常理和理智，他似乎已经无力参与其中。况且雅克，在使命光环的笼罩下，不再顺从，不再听取任何人的意见，仿佛被无法抗拒的命运支配着。

当他步入竞技场时，人群看到的正是如此，他没有佩戴头盔和盔甲。他一出场，迎面而来的是一片镀金号角爆发出的尖锐号声。他的灰白斑点矮种马在阳光下跳跃着，他骑在上面，如孩子一般金发碧眼，面颊红润，穿着丝绸和苏格兰格子花呢衣服，带给人一种不真实的幻觉，仿佛他被光芒笼罩着。是因为他注定要死去，还是有一些天使包围着他呢？或许是第一种可能，或许是第二种吧。

一阵沉闷的军鼓乐声宣告着帝费纳从葡萄园的另一头出现了。他确实有着野兽般的体魄，穿着盔甲，身骑一匹漆黑如夜的战马。不过，他信守了诺言，在盔甲的护颈上方，他将头部完全露出：灌木丛般茂密的灰色发须，一双野兽般的眼睛深陷其中，闪耀着光芒。这两名对手之间的反差如此强烈，人群中响起了窸窸窣窣的抗议声。有谁见过一场如此不公平的、悬殊如此之大的决斗？甚至可以听到一些声音喊道："够了！停止吧！这是谋杀！"但很快，一切又恢复安静，因为埃尔金公爵，这场决斗的主持人，已经把他的小棒扔到竞技场上，以示决斗正式开始。

帝费纳的马继续以平常的步调向前踱步，他的长矛竖立着。雅克则放低他的长矛，催马风驰而来。他发起了第一次冲锋，却因长矛的刀尖擦过帝费纳的右护肩而削弱了来势。从这第一回合看来，似乎雅克并不打算瞄准对手没有任何保护的头部。这一礼貌行为未免轻率，因而剥夺了他战胜对手的唯一可能。两名骑士又折了回来，但这一次，帝费纳催他的战马小步快速前进，放低了长矛。他把长矛放得如此之低，以至于看起来像是突然瞄准了雅克的小马。人群窃窃私语。根据骑士决斗的规定，故意伤害对手的马匹是一种违规行为。黑马加快速度。雅克也飞快地冲上前来。一声沉闷的撞击后，斑点马踉跄了一下，但人们随即看到它的马鞍飞向空中，雅克已在地上打滚。这时，每一个人都明白过来，帝费纳刚刚击打在马鞍的前桥上，力气大得连前桥上的皮带都断裂了。按照一般惯例，人们期望帝费纳下马站在地上，然后比赛改用剑继续进行。但是他什么也没做，一动不动地等待着雅克的仆人们制服那匹矮种马，给它安上新马鞍。至于雅克，只要裁判没有宣布决斗结束，谁也没有权利过去帮助他。他从地上迅速地爬了起来，冲向他的坐骑。然而，每个人都能看到，他左边胳膊上的血一直流到手上；伤口可能不算严重，却会妨碍比赛的进行。帝费纳准备好迎接新一轮攻击，事实上，雅克已将长矛指着前方向他冲来。不过，他的长矛依然只是擦过帝费纳的长矛，雅克在惯性的冲力作用下很快抵达竞技场的栅栏，被阻住了去路。他又折了回来。这个不平等的对抗还要持续多久？雅克再一次出发，对巨人发起进攻，但他瘦小的矮种马，尽管在被猛拉缰绳的本能反应下向前飞奔，已经不再有之前的气力了。帝费纳指望着这年轻的骑士和他的坐骑筋疲力尽吗？长矛撞上了他的胸甲，撞击如此猛烈，以至于长矛断成了很多截。帝费纳纹丝不动。雅克策马赶到栅栏边，一个仆人带着另一根长矛赶来，将它递给他。但是，当他重新回到栅栏里时，他看到帝费纳倾斜着身子倒向马颈。观众中发出一阵惊愕的骚动声。果然，这个巨人朝前翻倒。他滑向一侧，在哐当的巨大撞击声中坍塌下来，脸庞触到了战马的马鬃。他的仆人们匆忙赶去救他。这时，雅克下了马，站在地上。他弯腰俯向那个庞大的身体，四肢展开，仿佛已经断气。他这才确认了原因，他的长矛断裂的一截——可能是尖头——深深地插入了帝费纳的右眼眶。

他重新骑上马，被一片震耳欲聋的欢呼声包围。人们兴奋的情绪取代了之前的焦虑不安。一些帽子被抛了起来，孩子们带着鲜花跳进竞技场迎向他。他几乎被抬起来欢呼胜利，与此同时，另外六个人正在将帝费纳搬到一个担架上。在雅克看来，仿佛那一层蒙在他生活中每个角落的灰纱被揭开了。他终于看清屋子里布满壁毯的墙面，装饰着纹章的窗户，挂着飘舞彩旗的旗杆，尤其是这一群人，男男女女身着节日的服装，一片欢腾。他的朋友们围绕着他，青春洋溢的热情的脸庞充满了院子。幸运和胜利是多么眷顾年轻人啊！他骑在那匹灰白花斑矮种马上，膝盖擦破了皮，胳膊上满是鲜血，却显得那么有气势！他像一尊玻璃雕像一般闪耀着光芒。钟声从旁边教堂的钟楼传来。雅克停下来，微笑着举起手，说：

“今天是星期日，现在是中午十二点，我战胜了帝费纳！”

这时，每个人都突然意识到，在这一刻，神的日子①、正午时分以及他的胜利，聚合在了一个无法超越的顶点。从今以后，他只能一步步往下走了。

整个晚上，甚至直到深夜，斯特拉斯尔城堡闪耀着无与伦比的节日灯火。桌子上堆满了野味、水果和甜食。斟酒的佣人毫不吝啬地倒出一瓶又一瓶产自法国和意大利的葡萄酒。人们还请来了一些吟游诗人、杂耍艺人和杂技演员。甚至还有驯兽师成功地带来了一

---

① 天主教中周日为神的日子，主日。

头熊和一只猴表演助兴。雅克主持着这场盛大的欢庆，仿佛在梦境中一般。他感觉不到疲惫，或者说，在疲惫的帮助下，他更加陶醉在音乐、酒精、壁炉的烟火以及在他眼皮底下绽放的一张张笑脸中。

午夜临近，一个仆人俯身弯腰对他说，一名陌生的来客要求马上见您。他从哪儿来？从帝费纳老爷的城堡来，他似乎带着一封信。帝费纳的一封信！真是一件耸人听闻而意想不到的事情！雅克站起身。大厅安静了下来。所有跳舞的客人都被请求回到自己的座位上。

“让他进来吧！”雅克命令道。

大厅里一阵惶惶不安。尽管没有人承认，但是人人都期待看到那位巨人骑士亲自走进来，穿着盔甲，破裂的眼球涌出的鲜血沿脸颊流淌。然而，出现的是侏儒卢肯，更糟糕的是，他是如此丑陋。他对那些宾客们看都没看一眼，而是径直走向雅克。

“斯特拉斯尔伯爵，安古斯大人，”他说，“我来向您通告一个重大而又令人悲伤的消息：帝费纳大人因伤势过重去世了。不过，这是他生前让我转交给您的信，尽管您在最后那段时间给他带来了残忍的折磨，他还是向我口述了一封写给您的信，让我读给您听。”

他展开带来的手稿，用极不协调的声音朗读这篇既是忏悔，又是遗嘱，同时还是挑衅的短文：

斯特拉斯尔的雅克，由于你给我带来的伤害，我感觉到生命正在弃我而去。正是如此。我害怕死于衰败和腐烂。对于我充斥着刀光剑影的一生来说，这恐怕是最坏的惩罚了。但又可能是应得的惩罚，如果我相信刚刚听我告解的神甫的话。这个老实人被我讲述的生平事迹，那些丰功伟绩以及滔天罪行，吓了一跳。但是，见鬼，我还只跟他讲了非常小的一部分呢，否则的话告解会拖到现在都结束不了。另外，不是吗，每个人都有自己的廉耻心。为了结束这场过分虔诚的祷告，已经到了该宽恕我所有罪行的时候了，不管供认的还是没有供认的。他要求我说一段忏悔词。这本没有什么。只不过你看，在所有行为中，忏悔这个行为或许是我最不擅长的。我，忏悔？该死的，我的一生正如我生前度过的那样。句号。就是那样！上帝要么以我本来的面目接纳我，要么把我扔到外面的黑暗中去。我的这番话让神甫感到惊讶，但最让他惊讶的是，当我向他承认，在过去的半个世纪以来，我让别人流下的所有鲜血中，唯一让我感到痛苦的，是你刚才重新站起身时，胳膊上流下的血。我应该让你摔下马来，不是吗，但是怎样才能不让你受一点疼痛呢？尤其是你在鲁莽的狂妄中拒绝穿戴护胸甲、锁子甲、护腿甲，只穿着毛料和丝绸衣服。我尽了自己最大的努力，但还是看到了这股鲜血。由于，你瞧，虽然我接受一个儿子杀死他的父亲(这合情合理，而且我对你发誓，如果我有机会杀死自己的父亲，我一定会紧紧抓住)，我心底仅存的一点道德心却不允许一个父亲杀死自己的孩子。因为你是我的儿子，雅克，我会立即给你解开所有谜团，不再拖延一分一秒。这是一个简单却又十分悲惨的故事，对谁来说都是不光彩的。你的外祖父不喜欢我。这个虔诚的男人听说了太多关于我的事情。只不过我一直很谨慎。多年来与他为邻，我没有留给他任何把柄。我自有打算。自从他的女儿柯伦贝尔到了十五岁，我就向他求婚。他愤怒地拒绝了。年龄的差距，他说，还有我之前妻子们的死亡带来的种种恶毒的风言风语，以及我经常不太正派的鲁莽行为。我被说服了。我们俩分开，永远不再相见。他对柯伦贝尔却另有安排，一个来自图卢兹宫廷的年轻的奥克尼王子，一个脑子里塞满了无聊的东西的家伙。我感到非常愤怒，但是上帝可以见证，相反地，我没有酝酿任何针对我的邻居的实际行动。在春天的一个早晨，一次偶然的捕猎使我与这对情侣面对面。我照着自己的胆汁和热血指示的那样做了。我做错了吗?或许吧。但是做过的就是做过的，而结果，就是一个私生子，雅克，你，而且毫无疑问这也没那么糟。我说私生子，确实在一段时间来说是这样的。不过现在不再是了，因为，从现在起，我给予你合法地位并且让你成为我所有头衔、土地和财产的唯一继承人。我非常高兴在死的时候能够知道自己的遗产和名字交在了你年轻的双手上。我们不曾有过任何来往，除了决斗时交战的那几下长矛，那最后一击杀死了我。我希望你和你的子孙后代能够更加幸福。我不仅高兴地死去，而且感到自己被宽恕，虽然我并没有完成我唯一的也是最后一次告解。我老实的神甫感到非常抱歉，在我坚持不做忏悔的情况下，他不能给予我宽恕。而我也同样感到抱歉，因为它带给我痛苦，而我想要终结它。后来，他向我解释了一种不需要忏悔也可以得到宽恕的方法，临终忏悔。这是给那些意识已经处于半模糊状态的垂死之人的。所以我只需要进入临终状态，那时，我失去自制能力，含糊地嘀嘀咕咕念叨。之后，我恢复精神，因为我有话要对你说，但是我感觉到自己的精力已经快要被用尽了，而且我相信我的临终状态——这次是真的——不久就要开始。你知道吗，你在我眼中扎下的钉子依然在那儿。没有一个外科医生敢拔出它，因为它直刺入我的大脑。这是上帝的手指，我的神甫说。应该承认，老天爷有时候还是很会开玩笑的。但是请告诉我，我的孩子，这个你扔向空中并且如此精确地落入我眼眶的尖头，你是否承认，此前你曾在火上烤红了它？因为，你看，它点燃了我的整个脑子。它向我的头上投射了一束火花。这不是一根钉子，不是一根刺，也不是一个尖头，它是焰火，是希腊烟硝，是地狱。雅克·帝费纳，我对你……我对你……

卢肯闭上嘴看着雅克，仔细地卷好手稿。帝费纳的儿子面色苍白如蜡。他那兴奋迷醉的金色薄雾消散了，取而代之的是苦涩悲痛的神志清醒。在他口中泛起一片真相带来的苦涩感。他垂下眼睛看着被洗劫一空的桌子，布满宴会的残羹，在他看来仿佛这片混乱，凋谢的花朵，坑坑洼洼的糕点，打翻的杯子以及弄脏的盘子恰恰可悲地象征着他年少的残余。侏儒一句接着一句转达给他的话把他从幻想中拉回现实。所以，就这样，他的父亲强奸了他的母亲。而他自己也不过是这场罪行的私生子。他与帝费纳的决斗是一场虚假的决斗，所以他漂亮的胜利也不过是一场虚假的胜利。而他则毫不光彩地杀死了自己的亲生父亲。但他同时也得知，从今往后他是合法的了，并且通过直接继承，他成为苏格兰高地上最强大的领主。成千上万的农民、手工业者、平民、士兵等待着他的帮助，他的保护，他的指令。他充满歌声与幻想的美好青春戛然而止。在短短几分钟内，短短几句话之后，他成为了一个男人。

注解

一九八五年五月二十二日，人们隆重纪念伟大作家维克多·雨果逝世一百周年。顺应当时的氛围，我沉浸在他的作品中，带着前所未有地强烈的钦佩之情再一次阅读了他的《头盔上的鹰》，一首大约四百行的长诗，《世纪传说》的一部分。那是讲大卫和巨人决斗的故事，但是写得不像《圣经》里的故事那么离奇。在这里，巨人并没有被他体弱的对手击败。力量悬殊导致的必然结果被残忍地展现出来：孩子吓得落荒而逃，但是又被巨人追上，割断喉咙致死。

从诗句最初的几行中，我就敏感地觉察到，作者故意留下了一段相当大的"空白"：为什么老国王安古斯躺在床上垂死之时，要求他年仅十岁的外孙发誓杀死邻地的领主帝费纳呢？

> 事实，无人知晓。晦暗的过往
> 将尼尼微的纠纷和爱琴海战争的源起
> 深深瞒护，避开人们的记忆……

这个谜团暂且不提。这段"晦暗的过往"，令读者一边苦思冥想，一边希望能从故事中找到蛛丝马迹。更何况这故事里还有第二个谜团，使情节更加扑朔迷离。小雅克是由他的外祖父安古斯养大的。他是孤儿。那么，他的父母究竟遭遇了什么？读者还会猜测，这两个问题会不会归结为一个问题？会不会这些谜团，不是相互叠加使故事更加离奇，而是使事实更加清晰呢？只需要想象帝费纳应该被雅克杀死，是因为雅克对他父母的死亡有着不可推卸的责任就好。

这个假设，我已经写了出来。但是我立刻注意到，故事接下来的情节与维克多·雨果叙述的内容向着截然不同的方向发展，第一个遭受改变的人物就是“头盔上的鹰”本人，他并不是在故事的结尾处离开，而或许是在故事还没有开始前就已经消失了。我们请求维克多·雨果的伟大灵魂原谅我的冒昧放肆，请他允许我把这个故事当作对法国最伟大的诗人一次谦卑的致敬。

皮埃罗或夜之秘密

在普尔德勒济克村庄有两栋隔街相望的白房子。其中一栋是洗衣店。没有人记得那里的洗衣女工的真实姓名，所有人都叫她白鸽，因为她总是穿一条雪白的连衣裙，就像一只白鸽。另一栋房子是皮埃罗的面包房。

皮埃罗和白鸽自幼在村里同一所学校上学，一起长大。他们总是形影不离，以至于所有人都认为将来他们会结婚。然而生活硬生生地把他们拆散，皮埃罗成为面包铺小伙计，而白鸽则成了洗衣女工。不可避免地，面包铺小伙计要在夜间工作，这样才能使整个村庄在一大清早能够有新鲜的面包和热乎乎的羊角面包；而洗衣女工为了让清洗的衣物能在太阳下晾开晒干，则需在白天工作。不过，他们仍然可以在黄昏或者晨曦时相遇，即在夜晚当白鸽准备入睡而皮埃罗刚刚起床时，或者在早晨当白鸽的一天开始而皮埃罗的夜晚结束时。

但白鸽总是刻意地避着皮埃罗，这个可怜的面包铺小伙计对此感到非常抑郁苦恼。为什么白鸽要避开他呢？因为她这位曾经的同学会唤起她各种不快的感觉。白鸽只喜欢太阳、鸟儿和花朵。她只有在夏天、在阳光下才会变得快乐。然而面包铺伙计，正如我们之前说的，主要生活在夜里，而对白鸽来说，夜晚的黑暗充满着可怕的野兽，比如狼和蝙蝠。在那时，她更喜欢关上门窗，蜷缩在她那柔软的羽绒被里睡觉。但这还不是全部，因为皮埃罗的生活里还有另外两种更加令人不安的黑暗，他的地窖和他的烤炉的黑暗。谁知道他的地窖中有没有老鼠？而且人们不是常说“黑得像烤炉一样”吗？

话说回来，应该承认皮埃罗的长相非常适合他的工作。可能因为他晚上工作白天睡觉的缘故吧，他有一张圆圆的苍白的脸，就像十五的月亮。他专注惊讶的大眼睛给他带来一种猫头鹰的感觉，同样还有他宽大的衣服，衣衫飘飘，沾满白色的面粉。如同月亮一般，如同猫头鹰一般，皮埃罗腼腆、沉默寡言，忠心耿耿并且带些神秘。比起夏天他更喜欢冬天，比起社交他更喜欢独处，而且相对于交谈——这让他很为难，而且他完成得也不好——他更喜欢写作，他喜欢在一盏蜡烛灯下，用一只巨大的羽毛笔，给白鸽写一些很长很长的信，却从不寄出，因为他觉得即使寄出，她也不会读的。

皮埃罗在他的这些信里面写了什么呢？他努力想要使白鸽醒

悟。他向她解释，夜晚并不是她以为的那样。

皮埃罗熟悉夜晚。他知道这不是一个黑暗的窟窿，他的地窖也不是，还有他的烤箱。在夜间，河水欢唱得更加响亮，更加清脆，而且，河面上闪烁着千千万万如碎银子般的磷光。大树抖落在昏暗天幕上的叶子是闪闪发光的星星。晚风里夹带着更多大海、森林以及山谷的气息，相比较之下，白天的气味则浸透着人们劳作的味道。

皮埃罗熟悉月亮。他知道如何观察它。他明白它并不是一个如同餐碟般扁平的圆盘。他带着足够的注意力友善地凝视它，在肉眼下就能看到它凹凸起伏的表面。它其实就是一个圆球——像一个苹果、一个南瓜——而且它不是平滑的，是被精心雕刻、塑造出来的，山峦起伏——就像一幅分布着山丘河谷的风景画，又像一张满是皱纹但微笑着的脸庞。

是的，所有这些皮埃罗都知道，因为他的面团，在经过长时间的搓揉后，需要加入酵母使自己慢慢膨胀，这一发酵过程大约持续两个小时。在这段时间，他会走出面包作坊。所有人都睡了。他是小镇上唯一头脑清醒的人。他穿越大街小巷，圆圆的眼睛睁得大大的，看着那些沉睡的人们。那些男人、女人以及孩子，只是为了吃一口他为他们精心准备的热乎乎的牛角面包才愿意醒来。他经过白鸽紧闭的窗户，想象着这个年轻的女孩在她微湿的白色大床上轻轻地呼吸，沉浸在梦中。而当他抬起自己苍白的脸看向月亮，他又自问，是否这个躲在一层轻柔的雾气中，漂浮在葱葱郁郁的树木之上的温润的圆形物，是面颊的一部分，乳房的一部分，或者甚至更形象地说是臀部的一部分。

或许所有这一切可以就这样持续更久，然而有一天，一个男人拖着一辆奇怪的小车闯入小村，打破了他们之间的宁静。那是一个夏日美丽的清晨，到处点缀着鲜花和小鸟。那辆小车既是一辆旅行挂车，又是一个赶集商人的临时木棚，因为一方面来说，很明显，人可以躺在里面睡觉，另一方面，它又浑身闪耀着五彩斑斓的颜色，飘动着色彩华丽的窗帘，仿佛旗帜一般围绕在整个小车内部。一块光亮的招牌覆盖在车子顶端：

阿尔勒康

粉刷工

这是一个活跃矫健的男人，红润的脸颊，红棕色的卷发，穿着一种由花花绿绿的小菱形马赛克组成的紧身衣。他的身上有彩虹所有的颜色，还有其他几种别的颜色，唯独没有一块菱形是白色或者黑色的。他把他的小货车停在皮埃罗的面包房前，带着谴责的神情，撇着嘴端详他那不加修饰的光秃秃得有些可怜的门面，上面只有两个词：

皮埃罗

面包房

他一副下定决心的样子，搓了搓手，开始敲打房门。这是大白天，我们之前说过，皮埃罗正酣睡着。阿尔勒康敲打了好一阵子房门才打开，皮埃罗的脸前所未有地苍白，而且因为疲倦，他显得有些步履蹒跚。可怜的皮埃罗！我们确实可以说他是一只猫头鹰，通体雪白，蓬乱的头发，惊愕的表情，两只眼睛在夏日无情的阳光下眨个不停。与此同时，在阿尔勒康还没来得及开口说话时，一阵清脆的笑声在他身后响起。那是白鸽，她手里拿着一只大熨斗，透过窗户恰巧看到了这一幕。阿尔勒康转过身去，看见她，也爆发出一阵笑声，而皮埃罗则孤零零一个人悲伤地穿着他如月亮般的衣服，面对这两个太阳的孩子正在被他们共同的快乐逐渐拉近。就这样，他生气了，而且受伤的心充满嫉妒，他粗暴地冲着阿尔勒康关上门，接着，他又回去睡觉。但是这次，他不太可能那么快就进入睡梦了。

至于阿尔勒康呢，他则走向洗衣店。白鸽消失了。他寻找着她。她又出现，但是在另一扇窗户边，并且在阿尔勒康还没来得及走近时，她就又消失了。可以说她是在和他玩捉迷藏。最终门打开了，白鸽拿着一篓干净的衣物走了出来。在阿尔勒康的跟随下，她走向她的花园，把衣物展开，平铺在绳子上让它们晾干。那都是些纯白的衣物。白得就像白鸽的衣服。白得就像皮埃罗的衣服。但是这些白色的衣物，她不是将它们暴露在月光下，而是在阳光下，那个让所有颜色都闪闪发光的太阳下，尤其是阿尔勒康衣服的颜色。

阿尔勒康，这个能说会道的家伙，和白鸽攀谈起来。白鸽应答着。他们在说些什么？他们正谈论衣着打扮。白鸽穿着白色的衣服，阿尔勒康穿着彩色的衣服。对一名洗衣女工来说，白色和她非常相衬。阿尔勒康努力说服她在头上装饰一些色彩。从另一方面来说，他算是成功了。正是从这次著名的普尔德勒济克相遇之后，人们发现这里白色的空间被淡紫色的毛巾、蓝色的枕套、绿色的桌布以及玫瑰色的床单侵占了。

把所有衣物都晾在太阳下之后，白鸽回到洗衣店里。拿着空篓子的阿尔勒康向她提议重新粉刷这座房子的门面。白鸽同意了。阿尔勒康立即开始工作。他拆卸了自己的旅行挂车，接着，用一些零碎的条条块块，他在洗衣店门前架起一个脚手架。简直就像被拆卸的挂车占据了白鸽的房子。阿尔勒康迅速地爬上脚手架。他穿着多彩的紧身衣，顶着一头红色的头发，就像一只栖息在树上的热带鸟。而且仿佛为了强调这一相似性，他精力充沛地唱起歌来吹起口哨。时不时地，白鸽的头从窗户里探出来，他们互相开几句玩笑，笑一笑，或者唱和几句。

很快，阿尔勒康的工作就结束了。房子白色的门面在彩色的调色板下消失了。那上面有彩虹所有的颜色，以及几种其他的色彩，但是没有黑色，没有白色，也没有灰色。尤其是房子的门面上出现的阿尔勒康的两大创意，如果需要的话，足以证明他确实是所有粉刷工中最大胆最放肆的。首先，他在墙上勾画了一个与真人身材相当的白鸽，头上顶着洗衣篓。但这还不是全部。这个白鸽，并没有像往常一样穿着白色的衣服，而是被阿尔勒康画上了一条五颜六色的小菱形组成的连衣裙，和他自己的紧身衣完全一样。另外还有一件事，尽管他用白底黑字重新粉刷了**洗衣店**这个词，但是紧随其后，他又加上了几个完全色彩斑斓的字：染坊！他工作得如此迅速，以至于太阳刚刚下山，所有的工作就都完成了，尽管颜料还远没有干透。

太阳落山，皮埃罗起床。可以看到面包房的通风窗亮着，从里面反射出暖暖的红光。一轮巨大的月亮仿佛乳白色的气球漂浮在磷光闪闪的天空。很快，皮埃罗就走出他的面包作坊。一开始他只看到头顶的月亮。他感到心中充满了幸福快乐。他以爱慕的姿态跑向它。他对着它笑，月亮也报以他微笑。实际上他们就像兄妹一样，脸圆圆的，穿着朦胧的衣服。但是由于一直旋转跳舞，皮埃罗的脚被铺得满地的油漆桶绊住了。他突然撞见白鸽房子上竖着的脚手架。惊恐把他从梦境中硬生生地拽回现实。发生了什么？洗衣店怎么了？皮埃罗再也认不出这个花里胡哨的门面，尤其认不出穿着阿尔勒康式衣服的这个白鸽。还有这个与洗衣房并排的词：染坊！皮埃罗不再跳舞，他被惊呆了。夜空中的月亮流露出悲伤的神情。所以就这样，白鸽放任自己被阿尔勒康的颜色迷惑住了！从今往后她就会跟他穿得一样，而且，她不再洗涤熨烫纯净的白色衣物，而要在一些装着肮脏的令人作呕的化学颜料缸里印染一些已经褪色的衣物。

皮埃罗走近脚手架。他带着厌恶触摸它。那上面，一扇窗户亮着。脚手架是一个非常可怕的东西，因为它可以让人透过几层楼高的窗户看见房间里发生的事情！皮埃罗爬上一块木板，接着另一块。他往亮着的窗户爬去。他朝里面瞥了一眼。他看到了什么？我们永远都不会知道！他匆匆往后一跃。他忘记了自己正站在一个离地三米高的脚手架上。他摔了下去。那是怎样的一跤啊！他死了吗？没有。他费力地爬起来。一瘸一拐地，他回到自己的面包房里。他点燃一支蜡烛。他把那只大大的羽毛笔在墨水里沾湿。他要写一封信给白鸽。一封信？不，只是一个简短的留言，不过他在里面写下了所有他知道的真相。他手里拿着信封又走了出去。依然一瘸一拐地，他走到洗衣店门口，迟疑并且思考了一下，接着打定主意把他的信挂在脚手架的一根柱子上。然后他回去了。面包作坊的灯熄灭。一块巨大的乌云遮住月亮悲伤的脸。

新的一天在明媚的阳光下开始。阿尔勒康和白鸽手牵着手跳出洗衣印染店。白鸽不再穿着平时那件白色的连衣裙。她穿着一条由很多小菱形组成的裙子，五颜六色，但是没有黑色或者白色。她穿得就像阿尔勒康画在墙上的那样。她变成另一个阿尔勒康。他们是多么开心啊！他们围绕着房子一起跳舞。接着阿尔勒康，一边跳着，一边投入到一项奇怪的工作中。他拆掉竖在白鸽屋前的脚手架，接着，几乎同时，他重新组装起那辆奇怪的车。旅行挂车终于恢复原来的面貌。白鸽试图说服他。但是阿尔勒康似乎认为他的离去理所当然，因为粉刷匠确实是一个居无定所的职业。他生活在他的脚手架上，就像鸟儿栖息在树枝上。停留对他来说是完全不可能的。再说了，他在普尔德勒济克也已经没有什么可做的，如今，整个村庄都已经闪耀着他的色彩。

白鸽最终似乎妥协了，同意离开。她在旅行挂车上放了一个很轻的包袱。她关上洗衣房所有的门窗。就这样，她和阿尔勒康走进小车里。他们就要离开。还没有。阿尔勒康再一次走下车。他忘记了什么东西。一块他用粗大的字体写的布告牌。接着，他把它挂在房子的门上：

因新婚旅游暂停营业

这一次，他们可以离开了。阿尔勒康套上车，把它拖往公路。很快田野包围住他们，热情地欢迎着。田野上有如此繁多的花和蝴蝶，可以说整个田园风光都穿上了阿尔勒康的衣服。

夜色降临。皮埃罗抱着碰运气的心态走出面包房。依然一瘸一拐地，他走向白鸽的房子。所有门窗都紧闭着。突然，他发现那块告示板。板上的内容是如此可怕，他甚至无法读下去。他揉了揉眼睛。然而，他必须得屈服于现实。于是，依然蹒跚地，他回到自己的面包作坊。他很快就从里面出来。他也拿出了一块告示板。他把它挂在门上，接着重重地关上门。上面写着：

因失恋暂停营业

日子就这样一天天过去。夏天结束了。阿尔勒康和白鸽继续行遍全国。但是他们的幸福再也不像原来那样。如今，越来越经常地，是白鸽拖着挂车，而阿尔勒康在里面休息。接着，天气越来越坏。秋天的第一场雨劈哩啪啦地打在他们身上。他们五颜六色的漂亮衣服开始褪色。树木变得枯黄，随后一片一片地掉落叶子。他们穿过枯死的树林，走过耕得黑一道褐一道的田野。

再后来的一个早晨，一切发生了戏剧性的变化！整整一夜，天空飘满了如絮般的雪花。当白天到来时，雪已经覆盖了整个田野、公路，甚至是挂车。这是白色伟大的胜利，皮埃罗的胜利。仿佛为了给这个面包铺小伙计的报复加冕，那一晚，一轮巨大的银光闪闪的月亮在冰冷的原野上浮动。

白鸽越来越经常地想起普尔德勒济克，同样也想起皮埃罗，尤其当她看着月亮的时候。一天，一片小纸条突然出现在她手中，她也不知道怎么会这样。她问自己，是不是这个面包铺小伙计刚刚经过这里，把这张纸条放下。实际上，这正是那张写下所有他知道的真相的纸条，那张他挂在脚手架一根柱子上的纸条，而那根柱子后来变成了挂车的一部分。她读道：

白鸽！

不要抛弃我！不要被阿尔勒康化学的人工色彩迷惑！那是一些有毒的颜色，味道刺鼻并且会剥落。何况，其实我也一样，我也有自己的颜色。只不过那是一些真实的深深烙下的色彩。

听好这些不可思议的秘密：

我的夜晚不是黑色的，它是蓝色的。这是一种让人感到轻松的蓝色。

我的烤炉不是黑色的，它是金色的。这是一种可以吃下去的金色。

我做出来的面包颜色很悦目，不过它还很厚实，里面内容丰富，它闻起来很好，热乎乎的，并且可以给人以能量。

我爱你，我会等你的。

皮埃罗

蓝色的夜晚，金色的烤炉，一些可以呼吸可以吃的真实色彩，所以这就是皮埃罗的秘密？在这个与面包铺伙计的衣服颜色相似的冰冷的雪夜中，白鸽思索着，犹豫着。阿尔勒康依然在挂车最深处睡觉，丝毫没有顾及到她。再过一会儿，她要重新挂上勒着她的肩和胸口的带子，拉着车走在结了冰的路面。为什么呢？既然阿尔勒康那些曾经迷惑着她的充满阳光的美丽色彩都褪色了，如果她想要回到自己的家，还有什么能束缚她留在他身边？她跳出车子，收拾好她的小包袱，踮着脚悄悄地往自己村庄的方向走去。

她走啊，走啊，走啊，这个娇小的白鸽，穿着阿尔勒康式衣服的白鸽，裙子已经失去了耀眼的色彩，却也没有变成白色。她在雪中逃跑，脚下踩碎的雪发出簌簌的声音，不时掠过耳旁：逃跑——沙沙——逃跑——沙沙——逃跑——沙沙……很快，她的脑中就浮现出大量以F开头的词，一些冷酷无情的词，聚集成一支阴暗的军队向她袭来：froid（寒冷）、fer（铁）、faim（饥饿）、folie（疯狂）、fantôme（幽灵）、faiblesse（虚弱）。她几乎要倒在地上了，这个可怜的白鸽。但幸运的是，另一批同样以F开头的词，一些友好的词，仿佛是皮埃罗派过来的一样，给予她支撑下去的力量：fournil（面包作坊）、fumée（蒸汽）、force（力量）、fleur（鲜花）、feu（火焰）、farine（面粉）、flambée（冲动）、festin（盛宴）、féerie（仙境）……

终于，她到达村庄。这时正值午夜时分。一切都在雪的覆盖下昏昏沉沉地睡着。白色的雪？黑色的夜？不。因为白鸽在慢慢靠近皮埃罗，她拥有一双知道如何观察的眼睛了：很明显，蓝色是夜，蓝色是雪。但那蓝色不是阿尔勒康那整整一桶的刺眼有毒的普鲁士蓝。这是属于湖水、冰川、天空的闪闪发光充满活力的蓝色，一种闻起来很舒服的蓝色。白鸽深深地吸了一口气。

走过被冰冻住的喷泉，老教堂，然后接下来，就是两个隔街而立的白房子，白鸽的洗衣店和皮埃罗的面包房。洗衣房熄着灯，仿佛死去一般，而面包房却显出生命的迹象。烟囱里吐着烟，面包作坊的气窗往堆积在人行道上的雪投出一片抖动的金色光芒。显然，皮埃罗没有撒谎，他笔下的烤炉确实是金色的而不是黑的！

白鸽呆呆地站在面包作坊前。她想要蹲在这个直直地往她裙子下面吹热气，并且散发出一股令人陶醉的面包味的发光口。然而，她不敢。突然，门打开了，皮埃罗出现在门口。是偶然吗？还是他预感到她的到来？或者他仅仅是透过气窗听到了她的脚步声？他向她伸出胳膊，但是就在她要投入他的怀抱时，出于害怕，他侧过身去，把她领进面包作坊。白鸽感觉自己被一片甜蜜包围着。这样的感觉多好啊！烤炉的门紧闭着，然而里面的火苗却活跃得跳动，搜寻各种洞孔和裂缝，争抢着冒出头来。

皮埃罗，蜷缩在一角，双眼全神贯注地看着这不可思议的出现：白鸽在他的面包作坊里！而白鸽，则被火苗吸引住，只用眼角的余光看着他。她发现，这个穿着白色褶皱的衬衣，有一张月亮般脸庞的陷在阴影里的皮埃罗，他确实很像一只猫头鹰。他应该对她说些什么，但是他不能，有些话卡在他的喉咙口说不出来。

时间就这样一分一秒地过去。皮埃罗垂下眼睛看着放有一大块金色面团的和面槽。如白鸽般金黄柔软……自从面团在木制和面槽里待了两个钟头之后，酵母已经充分地发挥它的作用。烤炉热了。是时候把面团放入烤炉内。皮埃罗看着白鸽。白鸽在做什么呢？走完了这么一段漫长的道路，她精疲力竭，在面包房轻柔温暖的抚慰下，她以非常舒坦的姿势睡倒在面粉箱上。皮埃罗凝视着她，两眼噙着感动的泪水。这是个为了逃避死去的爱情和冬季的严寒而躲避到他这里来的朋友。

阿尔勒康在洗衣房的墙上画了一个穿着花花绿绿的衣服的阿尔

勒康式白鸽的画像。皮埃罗想到一个主意。他要用自己的方法在发酵了的面团上雕刻一个皮埃罗式白鸽。他开始工作。他的双眼不停地游移在那个睡着的年轻女孩和面包槽中的一大块面团间。当然了，他的双手更喜欢爱抚这睡着的女孩，但是塑造一个面团做的白鸽，这几乎让他感到同样的快乐。当他觉得已经完成自己的作品时，他将它与活生生的模特对比了一下。当然了，面团做的白鸽有些苍白。快，放进烤箱！

火炉呼呼作响。现在在皮埃罗的面包作坊里有两个白鸽。就在这时，几声畏畏缩缩的敲门声惊醒了那个有生命的白鸽。会是谁呢？仿佛为了回答，一个声音响起，一个由于夜晚和寒冷而变得虚弱悲伤的声音。但是皮埃罗和白鸽还是认出了阿尔勒康的嗓子，这个露天表演的歌手，尽管他夏日得意扬扬的音调——差得如此之远——已经不再。冻僵了的阿尔勒康，他在唱什么？他唱了一曲从此以后广为人知的歌曲，但是歌词只有知道我们之前讲述的故事的人才会明白：

在月光之下，
我的朋友皮埃罗！
借我你的羽毛笔
写下一个字。

我的蜡烛灭了，
我没有火。
给我开开门吧，
看在上帝的份上！

可怜的阿尔勒康在他的一堆粉刷罐中发现了被白鸽丢弃的纸条，正是这个纸条使得皮埃罗成功说服她回到他的身边。这个能说会道的家伙第一次体会到，有时，写作的力量也是十分强大的，尤其当这个会写作的人在冬天还拥有一个烤炉。于是，他天真地请求皮埃罗借给他笔和火。他真的以为这样就有机会重新俘获白鸽的心吗？

皮埃罗对他不幸的情敌心生怜悯。他为他打开门。一个褪了色的阿尔勒康可怜地冲向持续往外冒着热气的烤炉门口，炉口有些金黄，从里面散发出面包的香气。皮埃罗的面包房多美好啊！

面包铺小伙计因为他的胜利高兴地眉开眼笑。他开心地挥动着手臂，幅度很大，飘飘的长袖使这举动更加夸大。他打开烤炉的两扇门，这是一个戏剧性的动作。从烤炉里涌出一片金色的光芒，还有女性般的温暖以及糕点可口的香味，瞬间，这三个朋友被浸没了。在一根长长的木铲的帮助下，皮埃罗将一块面包慢慢滑出烤炉。一块面包？倒不如说是一个人！一个有着金色面包皮肤的年轻女孩，松软，还冒着热气，就像白鸽的妹妹一样。这不再是那个用化学颜料画在洗衣房门面上的扁平的花里胡哨的阿尔勒康式白鸽，这是皮埃罗式白鸽，在一整块面包上雕塑出来，带有现实生活中所有的凹凸起伏，圆圆的脸颊，高耸的胸脯以及她翘着的迷人小臀部。

白鸽冒着被烫伤的可能把另一个白鸽抱在怀里。

“我多漂亮啊，我闻起来多好啊！”她说。

皮埃罗和阿尔勒康着迷地看着这不可思议的一幕。白鸽将另一个白鸽平放在桌子上。她轻轻地用双手移开另一个白鸽面团做成的诱人的胸部。她将贪婪的鼻子、跳动的舌头伸进金黄松软的袒露酥胸的白鸽中。她嘴里塞满面包，说：

“我是多么地美味可口啊！来，我亲爱的朋友们，快尝一尝，吃一口这个美味的白鸽！吃我吧！”

于是他们动手品尝起来，他们吃着热乎乎的入口即融的白鸽，香甜可口。

他们互相望了望，幸福洋溢其间。他们想要笑，但是嘴里鼓鼓地塞满面包，要怎么笑呢?

面包的故事

从前，在法国的尽头，土地终结而海洋开始的地方，准确地说是在菲尼斯太尔省，有两座一直以来处于敌对状态的小村庄。一座叫普卢伊内克，另一座叫普尔德勒济克。他们的居民绝不会放过任何一个冲突机会。比如说，普卢伊内克的居民比布列塔尼区任何地方的人都爱吹风笛。这对于普尔德勒济克的人来说就是一个充分的理由来公然藐视这种乐器。他们更加偏好吹奏古小号，一种六孔竖笛，与风笛同样，也类似于双簧管和单簧管。在所有方面都是这样，一边的人种植洋蓟，另一边就种植土豆；一方喂养鹅，另一方则饲养猪；一个村庄的妇女戴一些简单得如同烟囱管的头巾，另一个村庄的妇女就会精细地缝制她们的头巾，比如饰上一些花边小组合。由于普尔德勒济克的苹果酒非常有名，普卢伊内克的人甚至为此戒除了苹果酒。你会问我：那么这样的话，普卢伊内克的人喝什么呢？好吧，那里的人们喝一种不是由苹果而是由梨酿成的别出心裁的饮料，并且由此得名梨酒。

当然了，在普卢伊内克和普尔德勒济克，人们吃的面包也完全两样。普卢伊内克人发明了一种独具特色的硬面包，完全由干硬的面包皮做成，是那种水手们出航远征时配备的面包，因为它可以无限期地保存。与普卢伊内克的这种硬如饼干的面包完全相反，普尔德勒济克的面包师傅们烘烤出一种完全如面包芯般非常松软入口即化的面包，为了品尝它的美味，必须在它刚出炉还热乎乎的时候吃，人们称之为松甜圆面包。

有一天，普尔德勒济克面包师傅的儿子爱上了普卢伊内克面包师傅的女儿，这使得情况变得复杂。双方惊愕的家长努力地试图说服两个年轻人放弃这个违背自然、阻碍重重的结合。什么都无法改变他们的心意：加尔只想要盖娜埃勒，盖娜埃勒也只想要加尔。

幸运的是，普卢伊内克村和普尔德勒济克村并非直接相邻。如果你查阅菲尼斯太尔省地图，你就会发现在这两座村庄中间还有一个村庄：那是普洛泽韦村。然而普洛泽韦在当时还没有面包房，于是加尔和盖娜埃勒的父母决定让他们的孩子在那里安家落户。同样，他们也在普洛泽韦举行婚礼。这样的话，不管普尔德勒济克的人还是普卢伊内克的人都不会感觉丢脸。至于婚宴上，人们会吃到一些洋蓟和土豆，一些鹅肉和猪肉，以及由苹果酒和梨酒一比一混合的饮料。

但是餐桌上供应的面包这个问题就不是那么容易解决了。家长们首先想到平等地供应一半硬面包一半软面包，但孩子们坚决反对，这是一场婚礼，一场面包师的婚礼，所以，必须同样地想办法让硬面包和软面包结合起来。简单地说，新面包房有责任创造出一种新的面包，普洛泽韦的面包，既与普卢伊内克的硬壳面包相似，又与普尔德勒济克的松软面包相仿。但是要怎么做呢？怎样才能烘烤出既有坚硬面又有松软面的混合面包呢？

两种解决办法看起来是可行的。加尔向盖娜埃勒指出，他们可以以螃蟹和龙虾为原型。在这些动物身上，硬壳在外面，而柔软的部分则藏在里面。盖娜埃勒却用兔子、猫、鱼甚至婴儿的例子否决了：在这些动物身上，柔软的部分——肉体——在外面，而坚硬的部分——骨头或脊柱——则在内部。她甚至想到两个可以用来形容这种差异的专业词汇：龙虾是甲壳动物，兔子是脊椎动物。

所以必须要在这两种软硬兼备的面包中选择一种：甲壳类面包，面包皮形成一层外壳包裹住柔软的面包芯；以及脊椎型面包，硬面包藏在柔软的面包最深处。

他们每个人依着自己的想法动手干起来。很快，事实表明甲壳类面包比脊椎型面包更容易烤熟。确实，把一团面团放入烤炉：它的表面很快变干，变黄，变硬，而内部的面团依然雪白柔软。但是怎样做脊椎型面包呢？怎样在柔软的面包芯中间得到一块坚硬的面包壳呢？

加尔的甲壳面包成功了，但是他的未婚妻的失败仍然使他感到伤心。不过这个小面包师盖娜埃勒，她并不缺少对策！她弄明白，是烘焙的热度产生了硬面包皮。所以脊椎型面包应该从内部加热——而不是外部，如同烤炉里的情况那样。就这样她产生了一个想法，把一个如同火钩子一样烧得滚烫的铁条插入面团里。啊，应该看看她如何像摆弄冒烟的武器一样摆弄她的火钩子！她咬紧牙关扬起下巴，把她那如剑般的火钩插入圆圆的面包团里。加尔看着她，脊背发凉，因为他自问道，他的未婚妻究竟脑子里和心里有什么力量支撑着，才能想出这种奇怪的决斗方式，并且带着如此大的热忱投入其中。另外，她这样用一根烧红的铁棍穿刺的面包还算是面包吗？

话说回来，这又有什么关系呢？她始终没有做出什么像样的东西，在婚礼的那一天，只有甲壳面包刚好可以上桌，所以也就是在那一天，普洛泽韦的人们第一次正式品尝到现在我们熟知的那种面包，由金黄色的面包皮包裹着松软香甜的面包芯组成。

这意味着脊椎型面包彻底被遗忘了吗？完全不是。相反地，首先要说明的是，在接下来的几年里，他们获得了一个灿烂的回报，一个充满温情和诗意的礼物。加尔和盖娜埃勒生下了一个小男孩，他们给他取名为阿尼赛，希望这个芳香的名字能够帮助他在同行中取得一席之地。他们没有失望，因为正是他——在五岁的时候——

向他的母亲提出了一个适用于脊椎型面包的想法。其实所谓的想法只不过是，有一天下午四点的时候，他想吃一块巧克力和一个软面包。他的母亲看着他一手拿着面包，另一只手拿着那块巧克力，突然拍拍自己的脑门，冲向面包房的作坊。她刚刚想到骨头、脊梁，脊椎型面包的坚硬部分可以由一条巧克力构成！

当天晚上，普洛泽韦的面包房摆上橱窗有史以来第一批巧克力面包。它们应该很快就会征服整个世界，成为所有小朋友的快乐。

音乐与舞蹈的故事

最初，上帝创造了天空和大地。然而大地黑暗混沌，天际空虚无声。于是上帝创造了星星、太阳、月亮以及其他行星。

就这样光明诞生了。

但是诞生的并不仅仅是光明，因为这些星星、太阳、月亮以及其他行星在完成它们的自转和公转的过程中，还会发出一些声音。于是，从天空不断传来一种柔和深沉而又令人陶醉的合奏。天体的乐章。

接着，上帝创造了人类。不过，他创造的人类雌雄同体，也就是说既有女性的乳房也有男性的生殖器。完成之后，上帝躲在一片云后面，想看看这个叫亚当的人会做些什么。

那么亚当做了什么呢？他竖起耳朵倾听来自天空的如竹笛般婉转的歌声。随着音乐，他把一只脚放到另一只前面，举起胳膊相互交叉，围绕着自己缓缓转动。他转啊，转啊，转啊，如此忘乎所以，以至于脑中一阵眩晕。他倒在地上迟钝地待了一会儿。最终，他打起精神，闷闷不乐地叫喊他的父亲：

“喂，上帝，你躲到哪儿去了！”

上帝一直等待着这声呼唤，立刻现身：

“我的孩子，什么事？”

“就是，”亚当说，“听到这美妙的音乐，我就情不自禁地想要舞蹈。但是，天上的星星如此繁多，它们的音乐是一场真正的芭蕾舞曲。然而，我却孑然一身。当我的双脚迈向前方时，它们不知道要伸向哪儿；当我的双臂展开时，它们不知道要伸向谁。”

“确实，”上帝说，“如果人类想要跳舞的话，不应该只有一个人。”

就这样，他让亚当进入深沉的睡眠状态。接着，他将亚当的身子一分为二，一半男性，一半女性，于是亚当就变成两个人，男人和女人。当这两个人睁开双眼时，上帝对男人说：

“这是你的女舞伴。”

他对另一个说：

“这是你的男舞伴。”

然后，他又躲到云后面，观察他们要做些什么。

那么，当亚当和夏娃发现对方如此不可思议地不同且互补时，他们会干些什么呢？他们张开耳朵倾听来自天际的乐曲。

“我们听到的难道不是一曲双人舞吗？”夏娃问道。

于是，他们跳起第一曲双人舞。

“这不是一首小步舞曲吗？”过了一会儿，亚当说。

于是，他们跳起第一支小步舞。

“这不是华尔兹舞曲吗？”夏娃接着问。

于是，他们跳起第一首华尔兹。最终，竖起耳朵，亚当说：

“这一次难道不是四对舞舞曲吗？”

“或许吧，”夏娃回答，“这是一首四对舞舞曲。但是要跳这一支舞蹈的话，至少需要四个人。让我们停下来歇一会儿，考虑一下该隐和亚伯吧。”

就这样，为了舞蹈的需要，人类得到繁衍。

伊甸园里树木繁盛，每一棵树上的果实都可以赋予人类一种特殊的能力。一种会启发人类的数学思考，另一种化学知识，第三种东方的语言。上帝对亚当和夏娃说：

“你们可以随意品尝树上的果实，获得所有想要得到的知识。但是注意，不要轻易品尝音乐之树上的果实，因为，一旦你们掌握了音符，你们就会立刻停止听到天上的星星们奏出的交响曲，而且，相信我，没有什么比一望无垠的天空回荡着永恒的寂静更加可悲的！”

亚当和夏娃困惑了。巨蛇对他们说：

“尝一尝音乐之树上的果实吧。掌握了音符之后，你们就可以创作出自己的音乐，它们完全可以与天上的音乐媲美。”

亚当和夏娃最终屈服于这个诱惑。不过，他们刚刚咬下一口音乐之树的果实，他们的耳朵就被堵住了。他们再也听不到来自宇宙的声音，可怕的沉寂降临在他们身上。

就这样，人世的伊甸园终结了。音乐的历史拉开序幕。亚当和夏娃，以及他们的后人们，着手在葫芦上绷紧皮革，在琴弓上拉紧动物的肠衣。他们在竹竿上钻孔，在铜器上拧出铜块，从而制造出一些乐器，谱写出一些小调。就这样又过了上千年，出现了俄尔浦斯，然后有威尔第、巴赫、莫扎特、贝多芬。随后又出现拉威尔、德彪西、本杰明·布里顿和皮埃尔·布列兹。

但是从此以后，天空再也没有传来一丝声响，我们再也听不到星星们的乐曲了。

香水的故事

首先回想一下，根据《圣经》记载，上帝用沙漠里的沙子塑造了亚当，并对着他的鼻孔吹了一口气，以赋予他生命。通过这样的行为，上帝许给他一个由嗅觉支配的存在。同时，我们又必须承认这一举动是自相矛盾的。将一个主要由嗅觉支配的人独自放在满是黄沙的荒漠里，这不是硬生生塞给他一个不幸的未来吗？当然，在几千年以后，出现了一位法国民间女歌手，声称滚烫的沙子，她那古罗马军团士兵们，闻起来十分美好。但是，此后所有的经验都证明那只是一个纯粹的诗歌上的破格，因为沙子，不管冰冷还是滚烫，显然地，闻起来一点都不好。

有一天，当上帝翱翔在荒芜的沙丘之上时，突然看到亚当摆出一个奇怪的姿势站在那里，于是他停在亚当面前。亚当伸着自己的鼻子沿一只胳膊来回移动，徒劳地竭力延伸他的调查范围，甚至将鼻子深入到自己的胳肢窝里。

“哦，我的孩子，”上帝说，“你在干什么呢？”

"我在闻，"亚当回答说，"或者说我在试图闻，因为我感觉自己什么都闻不到……"

接着，他转身背对着上帝，悲伤地耸了耸肩。

上帝思考了一下。他想，如果亚当必须拥有一个由嗅觉支配的生活，那么他不应该孤身一人。但是这还不是全部，他还需要一个充满香味的环境。

于是他动手建造起伊甸园。伊甸园是一个被檀香木、洋苏木以及圭亚那紫木包围着的花园。正如诗人描写的那样，这里的每一种花都会如香炉一般蒸发出香味。伊甸园的土地一点都不像孕育出亚当的那块贫瘠的沙漠，那些沙子干巴巴地没有一点香气，这是一块肥沃富饶的土地。正是用这里的原料，上帝创造了夏娃。

夏娃睁开眼睛，她看见亚当，深深地吸了一口气，向他伸出双臂。

"过来，我漂亮的朋友！"她对他说。

亚当靠近她，闻到漂浮在她赤裸的胴体周围芬芳的气息。

"迷人的女士！"他着了迷似的低语。

他们手牵着手，在一种出奇地纯净、完全没有被人类的痕迹玷污过的氛围中迈向前方，周围只有花草、树木和动物的皮毛。

"呼吸，我亲爱的，"夏娃说，"这是在我们诞生前就已经存在的大自然在欢迎我们。纯洁的三个标志：植物、森林以及动物。"

“这是上帝造物的第五日的气息，”亚当准确地说，“因为我们是在第六日被创造出来的。”

就这样，生活在伊甸园幸福地展开。每一个重要的时刻和发生的故事，都由一些香味来标志。比如亚当在沙滩上堆积出一个黑色闪着金光的球，把它送给夏娃这样的故事。比如日落之后，蓝色的夜空降临到他们身上这样的美妙时刻。除此之外，还发生了一件怪事。有一天，夏娃在草丛中发现一条盘作一团的巨蛇，蛇皮仿佛珍贵的宝石般闪闪发光。她向这个活生生的珍宝伸出手，这时，上帝的声音从高空中回荡开：“有毒！”这个声音说。亚当和夏娃吓得往后连连退步。但是这条蛇却用尾巴撑着直立起来，喷出一股暖暖的气流迷惑他们，四周的空气颤动着，闪闪发光，有如谜一般。他们落荒而逃，然而自此以后，他们明白，他们和这条蛇的故事还没有终结。

在伊甸园里有很多树，每一棵树的果实都可以赋予人类一种独有的知识，一种可以启发人们数学知识，另一种化学知识，第三种东方的语言。上帝对亚当和夏娃说：

“你们可以品尝所有树上的果实，掌握所有的知识，但是注意不要轻易尝试香水树上的果实，因为，一旦掌握了制作香水的工艺，你们就会立即停止无偿地获得来自大自然的香气。从此以后，大地只会给你们带来一些平淡的气味，而且，相信我，没有什么比这些气味更加枯燥的了。”

亚当和夏娃困惑了。这时，蛇用它有毒的诱惑气味包裹住他们。

“尝一尝香水知识树上的果实吧，”它对他们说，“学会了制作香水的工艺和化学原理之后，你们可以调出属于自己的香水，而且它们和伊甸园的香味相差无几。”

他们最终屈服于这个诱惑。但是他们刚刚咬下一口香水树上的果实，他们的鼻子就被恐惧和悲伤狠狠地刺痛了一下。伊甸园里所有的香味在一瞬间消散，他们所能闻到的只有一些平淡的味道。腐烂的泥土，被割开的牧草，枯萎的树叶，猎犬潮湿的毛皮，燃烧的树木以及随之而来的烟雾，显然对于我们这些后伊甸园时代的可怜人来说，如此的童年的霉味足以触动心弦。而对于亚当和夏娃，这不过是本质相同的臭味，他们新的悲惨的臭味。还有更糟的。当他们互相靠近，想要像从前那样呼吸对方的灵魂时，他们只能闻到一种人体的气味，他们的汗味。因为靠辛勤的劳动过日子注定会散发出劳作的气味。就这样，用同一个声音，他们说出了世界上所有语言中最畸形最阴森最下流的词：“我们需要，”他们说，“一种除臭剂。”

毒蛇的承诺或许并不完全是骗人的，但是人类依然需要经过上千次摸索和实验才能一个接着一个发现伊甸园里那些重要的香料。

当上帝把摩西带到西奈山时，并不只是为了颁布给他《十诫》，同时，他也向他口述了人类历史上第一支香水的秘方(纯没药，香肉桂，香芦苇，山扁豆，橄榄油)。有人给无止尽的基督教变革下注释。它真正的含义蕴藏在东方三博士给予婴儿时期的耶稣的礼物中：黄金、乳香和没药。也就是两瓶重要的香料和一瓶金属——黄金——在水晶尚不存在的年代。长大成人后，耶稣的表现显示出他远没有忘记最初的童年时光里所学到的。当抹大拉的马利亚向他头上倾倒一种价值连城的香水时，那些信徒们因为如此的挥霍而感到气愤。耶稣粗暴地打发他们离开。①难道他不是完全有权利享受这样的致敬吗?

但是人类仍然需要等待，直到二十世纪在法国，人类才参与到一场由一群杰出的调香师精英们带来的真正的嗅觉创造力大爆炸。

所有一切始于一九一二年，当娇兰推出“蓝调时光”。不管什么人，只要闻到这股由鸢尾、茉莉和保加利亚玫瑰构成的香气，都会感觉到自己被带入创世纪之初的那个暮色中，当最初的星星在第一对拥抱的情人上方闪耀着光芒。每一个人都在心中默默为这一伤感的优美氛围流泪。到了一九二一年，香奈尔创造了他的“香奈尔五号”香水时，情况又截然不同了。它既是指一个日期，五月五日

---

① 原文如此，与《圣经》记载有出入。《圣经》中此处向耶稣头上倾倒香膏者是伯大尼的马利亚。——编者注

(一年的第五个月)，同时它也唤起了人们关于创世纪的第五日这一远久的回忆，那时地球上有森林、大海、动物，却还没有人类的踪影。接着在一九二七年，浪凡又在我们脚下滚动出一个黑色闪着金光的小球，如同亚当在沙滩上堆积出的那个小球一样，并且给它取名为“光韵”。接下来，又过了很长时间，人们才等来了巴尔曼的“祖妮女士”以及爱玛仕的“贝纳米”，每一款香水都在自己身上重新找回了我们的祖先在走出诞生之时的深度睡眠之后，发现对方是如此地不同和互补时相交换的致意。至于“毒药”，毒蛇强烈而诱人的气味，正是克里斯汀 · 迪奥重新塑造了它。

就这样，每一款重要的香水就是一扇打开着的通往我们从前伊甸园时光的大门。马塞尔 · 普鲁斯特是因为描述出能让人回到童年的玛德莱娜蛋糕的味道而驰名。因为拥有巨人的翅膀，香味使伊甸园变得充满魔力，在那里，第一对情人在神的大调香师守护的目光下天真地相爱着。

绘画的故事

我和皮埃尔在同一年出生于同一座村庄。我们在同一所学校学会了读书和写字。然而，正是在那里，我们的命运开始分岔。皮埃尔的数学非常出色，另外他热衷于化学研究，同时他还获得了物理方面的所有奖项；而我只对文学感兴趣，接着是诗歌，再后来哲学。自二十岁起，皮埃尔就移居国外。而我呢，我依旧住在村里那栋祖先留下的百年老屋中。我再也见不到我童年时的玩伴了，但是从他的父母那里——他们依然是我的邻居——我还是能断断续续地了解到一些关于他的消息。他去了美国。他在那里研究电器、电子以及信息技术。如今，他在一家电脑公司工作，据说占据着一个重要的职位。

随着他的身份地位越来越高，我感觉自己和他的距离也渐渐拉远。在此期间，我写了一些源自民间传说的故事和小说。在我看来，似乎只有靠近这片童年的森林和田地，我才能孕育出写作的灵感，写下一篇篇生动的故事。创作的技艺越是丰富，我越是扎根于这片生我养我的土地。

有一天，皮埃尔事隔多年后突然再次出现。他按下我家的门铃，投入我张开的双臂。他几乎没怎么改变。尽管距离遥远，他依然关注我写的作品。我的书，没有一本他不是读了又读的。而且这次回来，他带给我一个神奇的建议。他的公司刚刚完成了一个国际编码系统。无论什么程序都能够以极小的容量被存储下来，并且通过大量译码，在多种语言环境下，这个程序都可以供人进入使用。他建议我成为世界上第一个利用这个系统的作家。如果我同意的话，我所有的作品都将被录入电脑，接着，在目前一百零三个具有合适终端的国家被解码破译。这样一来，我的书将得到一次大规模的扩散，其扩散规模甚至可以与《圣经》和《古兰经》相媲美。皮埃尔的项目激起了我浓烈的兴趣。

“我是一个传播者，”他对我说，“而你却是一个创造者。传播只有通过它传递的信息才能实现自己的价值。没有你的话，我什么都不是。”

“别太谦虚了，”反过来我对他说，“创作不能缺少发光。我渴望的既不是荣誉也不是财富。但是我需要被阅读。如果一个音乐家的音乐无人弹奏，一个戏剧家的作品无法登台，那还算什么呢？传播给创造增添了一种无限而未知的生命，如果没有这生命的话，创造只是一个毫无生机的东西。”

由于我只有在讲故事时才能很好地表达自己，所以我对他讲了圣人安萨里，更确切地说叫作圣人加扎利的一个寓言故事。正如口述习惯的那样，我以自己的方式对这个故事做了一些改编。

从前有一个巴格达的哈里发，他想要装修宫殿大厅里的两面墙壁。他叫来了两位艺术家，一位来自东方，一位来自西方。第一位是一个非常有名的中国画家，一生从未离开过故土。另一位来自希腊，他几乎访遍了所有的国家，而且似乎懂得无数种语言。他不仅仅是一个画家。他同样将自己的激情倾注到天文学、物理、化学和建筑学中。哈里发对他们解释了自己的意图，并给他们两人各分配了大厅的一面墙。

“当你们结束工程时，”他说，“我将召集朝中上上下下文武百官隆重地聚集到这里。他们将鉴赏评析你们的作品。谁的画作被评选为最美，他就会得到一笔丰厚的报酬。”

接着，他转向希腊人，问他需要多长时间完成这个壁画。希腊人居然不可思议地回答道：“当我的中国同行完工时，我的也结束了。”于是哈里发转而问那个中国人，他要求了三个月的期限。

“好，”哈里发说，“我会用一块幕布将这间房子一分为二，这样你们就不会互相影响。我们三个月后再见。”

三个月过去了，哈里发传唤这两名画家。再一次地，他首先转向希腊人，问道：“你完工了吗？”希腊人依然神秘地回答：“如果我的中国同行完工了，那么我就完工了。”于是哈里发继续转而问中国人，他回答道：“我完成了。”

第三日，宫廷内皇亲国戚文人雅士聚集在一起，浩浩荡荡的大队人马走向大厅，来赏鉴评析那两幅作品。这是一行华丽的队伍，锦衣华服，光彩熠熠，队伍里只能看到精心刺绣的裙子，饰有羽毛的帽子，纯金打造的珠宝，以及精雕细琢的兵器。所有人首先聚集到中国人所绘的那一面墙前。人潮中迸发出一阵阵惊叹的尖叫声。这幅壁画描绘的是一个如梦如幻的花园，花园里种着开满鲜花的树，还有一潭潭形如豆角的小湖泊，上面横跨着几座精美的步行桥。天堂般的景象。人们目不转睛地望着它，似乎怎么看也看不够。这幅壁画的魔力如此巨大，以至于每个人都觉得应该直接宣布中国人是这场竞争的胜者，甚至无须再看希腊人的作品。

但是很快，哈里发就命令下属揭开将房间一分为二的幕布，人群转过身去。转身之后，大家目瞪口呆，情不自禁地发出一片惊奇的呼喊声。

那么，希腊人到底画了什么呢？其实他压根什么都没画。他只是在墙上安置了一面巨大的镜子，从地面一直到天花板。于是，这面镜子完整地反射出了中国人的花园里每一个最微小的细节。但是，你可能会问，这映射的场景怎么会比它的原型更加精彩更加扣人心弦呢？这是因为中国人的花园里空荡荡的没有一个人，然而，在希腊人的花园里，人们能够看到一群锦衣华服的游客，穿着精心刺绣的裙子，戴着饰有羽毛的帽子，佩戴纯金打造的珠宝，装备精雕细琢的兵器。而且所有这些游客都是活动的，他们指指点点，兴奋地辨认自己。

最后大家一致通过，宣布希腊人成为这场比赛的胜者。

两场盛宴与纪念

从前有一个伊斯巴翰的哈里发，他失去了自己的大厨。所以他命令管家立即着手寻找一名新厨师，这名厨师必须能够胜任宫廷厨师长一职，完成职责范围内的所有工作。

日子一天天过去。哈里发不耐烦了，于是他问管家：

“怎么样？你找到我们需要的那个人了吗？”

“殿下，我有些为难，”管家回答道，“因为我找到的不只是一名厨师，而是两名。他们都能胜任这一职位，我不知道该如何抉择。”

“这有什么难的，”哈里发说，“让我来处理。我会安排他们俩抽签，抽中的那个将在下周日为我们奉上一场盛宴，朝廷上上下下包括我在内都会前来品尝。再接下来的周日，就轮到另一个给我们带来同样的味觉享受。两场餐会结束后，我会亲自选出这场有趣的比赛的获胜者。”

于是就这样进行了。第一个周日，抽中签的厨师将负责宫廷午宴。所有人都满怀好奇地等待着一会儿呈上来的菜肴，迫不及待地想要尝一尝。然而，当菜肴真正被一盘接着一盘端上桌时，它们的精致、新颖、丰富，还有美味，都远远超出了大家的期待。宾客们是如此激动，以至于他们强烈建议哈里发无须等待，立即任命这次无与伦比的盛宴的缔造者为宫廷厨师长。哪里还有必要举行另一场测试？但是哈里发没有被动摇。“让我们再等到下个周日，”他说，“给另一名竞争者一次机会。”

一周过去了，文武百官再一次围坐在同一张餐桌前，品尝第二个厨师的杰作。大家都按捺不住好奇，蠢蠢欲动，但前一场宴会给人们留下了如此令人难忘的回忆，使得大家禁不住对后者抱有一种偏见。

当第一道菜端上桌来时，所有人都惊讶了：这和上一次宴会的头菜一模一样。同样地精致、新颖、丰富，以及美味，但却完全相同。第二道菜的出现再次证明它也是忠实地照搬了第一次宴会的第二道菜，此时宾客中传出阵阵笑声和窃窃私语。但是紧接着，惊愕的沉默重重地笼罩在这群宾客中，因为事实证明接下来的每一道菜都与上周末的菜色完全一致。必须认清这一事实：第二个厨师分毫不差地模仿了他的竞争者。然而，每个人都知道哈里发是一个非常敏感的暴君，决不容许任何人愚弄他，不管是厨师还是其他人。朝中大臣们胆战心惊地等待着，不时偷偷地瞄他两眼。怒火随时都有可能降临到这个可悲的闹剧制造者身上。但是哈里发依然沉着冷静地品尝着，只是偶尔和邻座的人交换极少几句无关紧要的话，像往常一样。这让人觉得他似乎没有注意到这个难以置信的愚弄，而他自己恰恰是被愚弄的对象。

最后，点心和甜食也上了桌，同样，它们也与上一次宴会的点心和甜食一模一样。用餐完毕后，仆人们收拾干净桌子。

这时，哈里发派人叫两名厨师进来。当这两个人来到他面前时，他对朝中所有大臣说了以下一番话：

“所以就是这样，我的朋友们，你们应该已经从这两次宴会中衡量出现场这两位厨师高超的技艺和创造力。现在，轮到我们来给他们评出高下，决定两人中的哪一个会被授予宫廷厨师长这个职位。我觉得你们所有人都会赞同我的观点，承认并宣布第二名厨师远胜于第一名。因为，如果说我们上个周日品尝到的餐点和今天我们吃到的一样精致、新颖、丰富、美味，总的来说，它也只能算是一场豪华的盛宴。但是第二次宴会，正因为它是对第一次盛宴的完全照搬，所以它把自己，提升到了一个更高的层面。第一场盛宴是一起事件，但第二场盛宴则是一次纪念。如果说第一场盛宴值得纪念，那么正是第二场，通过对往昔的追溯，而赋予它这样的纪念价值。正如历史上的丰功伟绩，只有通过后世千秋万载的传颂，才能从它那肮脏可怕的石胎中摆脱出来，获得新生。所以，如果说在朋友家中，或是在征途中，我希望被招待一些新颖美味的菜肴，那么在这里，在皇宫，我只想要一些神圣的餐点。神圣，是的，因为神圣只有通过不断地重复才得以存在，而且在每一次的重复中，它将变得更加出色。

“厨师一号和二号，你们两个我都雇佣了。你，厨师一号，在我出外打猎和远征时你跟随我，为我的餐桌开创一些全新的菜肴，一些异域风情的花色，以及最大胆的美味创作。而你，厨师二号，你就在这里守着，永远负责安排我的日常饮食。你将成为厨房的大祭司，负责传承烹饪和餐饮仪式，给每一餐饭赋予精神上的意义。”